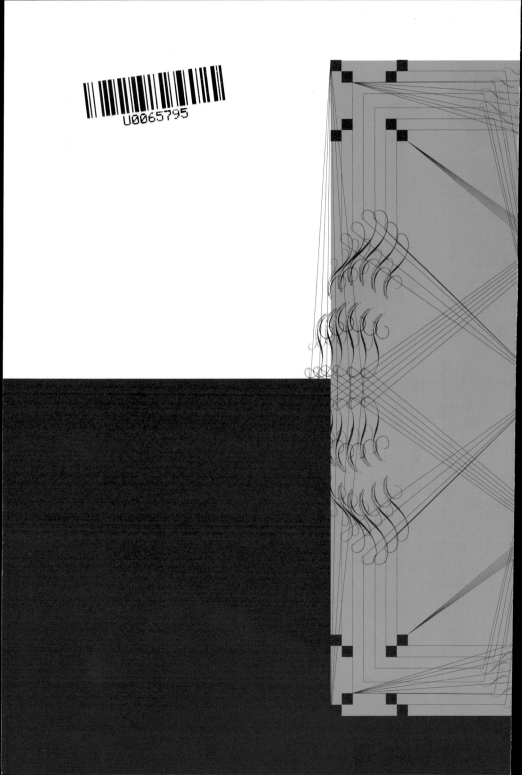

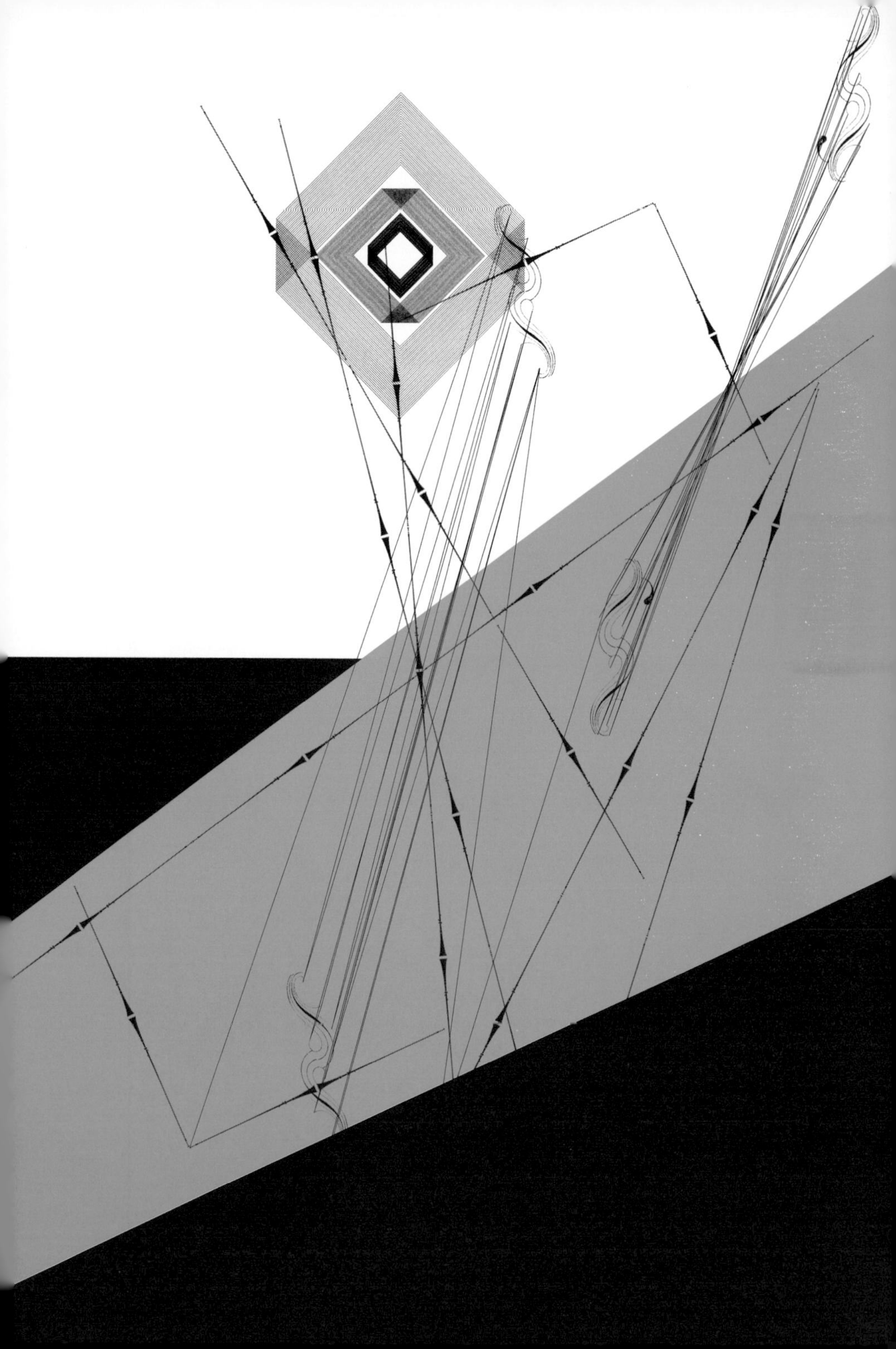

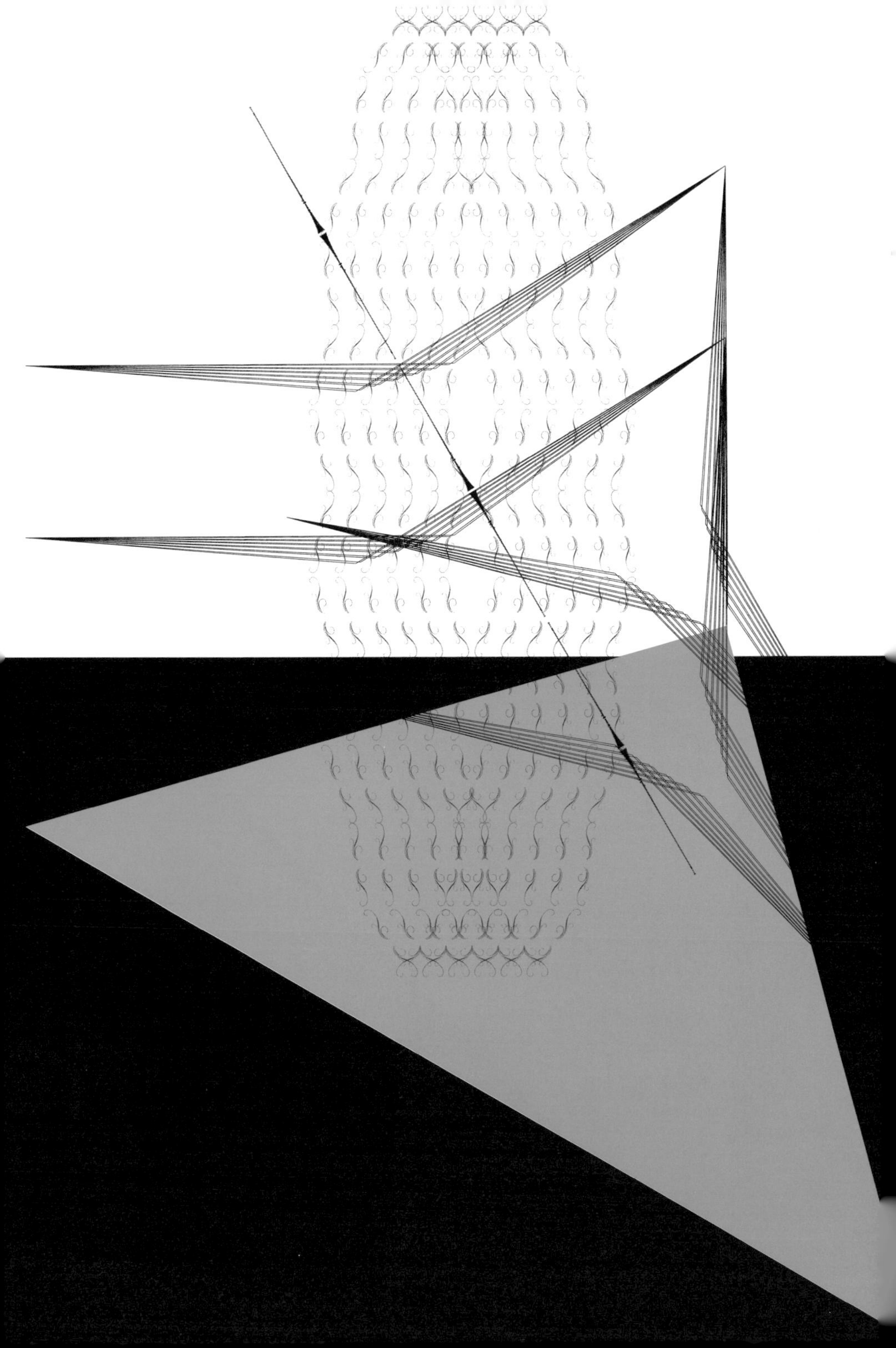

А. С. ПУШКИН: ПОВЕСТИ И РОМАНЫ

ДУБРОВСКИЙ

普希金小說集　А. С. ПУШКИН: ПОВЕСТИ И РОМАНЫ

1832—1833

杜勃羅夫斯基　ДУБРОВСКИЙ

俄　亞歷山大·普希金　著

宋雲森 譯

啟明出版

目　錄

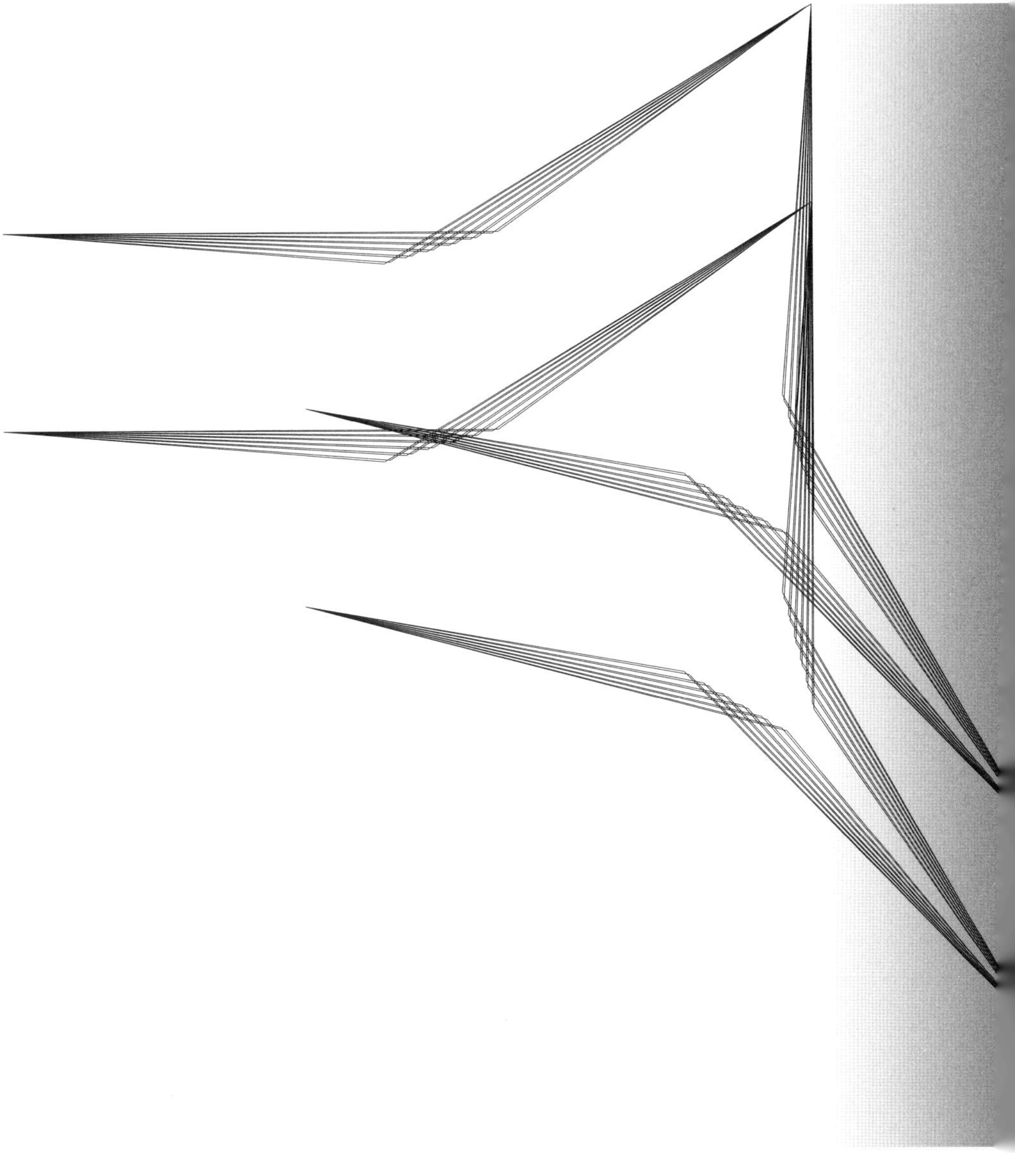

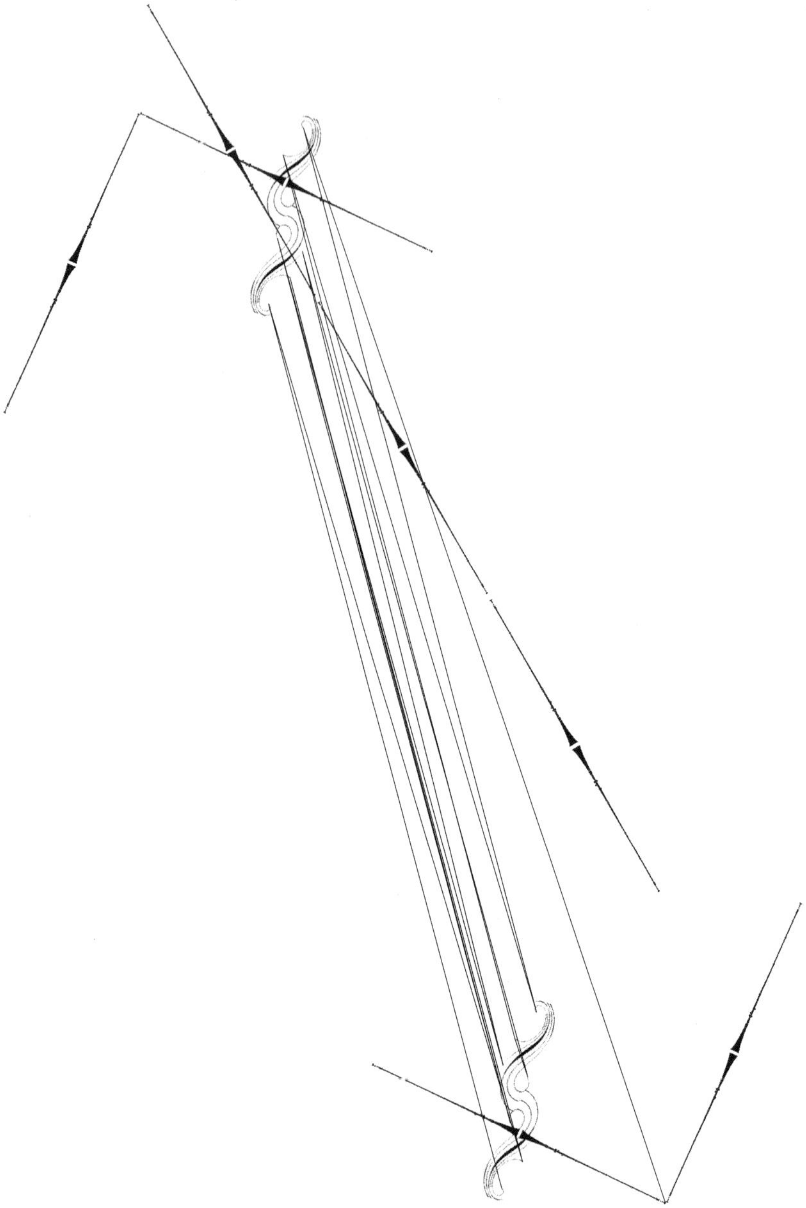

杜勃羅夫斯基

第一部

第一章

幾年以前，在自家某處領地住著一位俄羅斯世襲貴族老爺，基里拉·彼得羅維奇·特羅耶庫羅夫。他財富傲人，身世顯赫，人脈廣闊，這一切讓他於自己領地所在的各個省分，都是一個舉足輕重的人物。他提出任何刁鑽古怪的、即使是最芝麻蒜皮的小事，鄉鄰莫不曲意逢迎，甘之如飴。省裡的官員聽到他的大名，也都是戰戰兢兢的。特羅耶庫羅夫老爺接受別人的阿諛奉承，如同理所當然的貢品。他宅邸中總是賓客滿座，大家爭相為閒極無聊的老爺的生活添增一些樂趣，也分享一些吵吵鬧鬧，有時甚至是恣意縱情的餘興節目。誰也不敢謝絕老爺的邀請，或者在特定的日子，誰也不敢不赴波克羅夫斯克村向他登門請安。特羅耶庫羅夫老爺的居家生活淋漓盡致地表現出沒有教養的人的所有毛病。周遭人們對他都是百般遷就，他也習慣性地恣意妄為，火爆的脾氣，以及任何低能的古怪念頭，隨時都會發作。儘管他身強體壯異於常人，但每個星期總有一、兩次，由於暴飲暴食，把自己搞得難受不堪，每個晚上也都是一副醺醺然的樣子。他宅邸一處廂房中，住著十六名女僕，都在從事符合她們性別的手工活。廂房窗戶都被條條木板封死，大門上鎖，鑰匙則由特羅耶庫羅夫老爺自己看管。這些遭隔離的年輕姑娘，於規定時間可以到花園散散步，但受到兩個老太婆的監視。特羅耶庫羅夫老爺有時會把其中的姑娘嫁出去，隨即又會有新來的頂替她們的位置。他對待農民與家僕是既嚴厲又任性，儘管如此，他們對特羅耶庫羅夫老爺還是忠心耿耿，他們總是炫耀自家主子的財富與美名，而且仗勢主子的有力庇護，他們自己對待鄉親也是盛氣凌人。

特羅耶庫羅夫日常的功課包括：騎馬到自己廣闊的領地四處遊蕩、無休無止地狂歡飲宴，以及每天花樣百出地惡作劇，受害者通常是新認識的人物，儘管有時連老朋友都難免受到作弄，唯一的例外是安德烈．加甫里洛維奇．杜勃羅夫斯基。這位杜勃羅夫斯基，退役禁衛軍中尉[1]，是住得離特羅耶庫羅夫最近的鄉親，擁有七十名農奴。特羅耶庫羅夫對待任何位高權重的人都是目中無人，但是對杜勃羅夫斯基卻敬重有加，雖然他家業微薄。他們兩人一度共事，特羅耶庫羅夫根據經驗知道，杜勃羅夫斯基個性急躁、果決。境遇不同，讓兩人很長時間各分東西。杜勃羅夫斯基由於家道中落，不得不退役，並定居於自己僅存的一座村子。特羅耶庫羅夫老爺獲悉此事，建議他投到自己麾下，不過杜勃羅夫斯基感謝對方好意，卻依然故我地過著清寒而獨立的生活。幾年之後，以陸軍上將[2]退役的特羅耶庫羅夫來到自己的領地，於是兩人重新聚首，相見甚歡。此後，他們每日相處，特羅耶庫羅夫有生以來都不曾登門拜見任何人，卻動不動就往老同事的蝸居串門子去。兩人同庚，出身同等階層，身受同樣教育，因此在個性與喜好上，多多少少臭味相投。某些方面他們的命運也相同：兩人都是戀愛結婚，兩人都很快就喪偶，兩人太太都留下一個孩子。杜勃羅夫斯基的兒子在彼得堡受教育，特羅耶庫羅夫則看著女兒在自己跟前長大。特羅耶庫羅夫常常對杜勃羅夫斯基說道：「聽著，兄弟，要是你們家的弗拉基米爾有出息，我就把瑪麗亞嫁給他，就算他是窮光蛋也無所謂。」杜勃羅夫斯基通常會搖搖頭，答道：「這不成，特羅耶庫羅夫，我們家的弗拉基米爾配不上瑪麗亞。像他這樣的窮貴族，與其做個嬌生慣養的大小姐的管家，倒不如娶個窮貴族人家的小姐，自己當家作主。」

目空一切的特羅耶庫羅夫與家道中落的鄰居之間的友好關係，讓大家都羨慕不已；大家也都很驚奇，杜勃羅夫斯基在與特羅耶庫羅夫同桌共飲時，竟敢直話直說，不怕頂撞主人家的意見。有人想效法杜勃羅夫斯基，逾越規矩，但卻被特羅耶庫羅夫老爺嚇破膽，永遠放棄如此膽大妄為的念頭。於是，唯獨杜勃羅夫斯基一人置身於共同規則之外。豈知一起偶發事件破壞並改變這一切。

有一回，在初秋時節，特羅耶庫羅夫老爺打算前往遠方野外出獵。前一天已下令養狗人員與馬夫須於早上五點前準備就緒。帳篷與炊具已提前送達特羅耶庫羅夫應該用餐地點。主

---

1 禁衛軍中尉（поручик гвардии），在舊俄時期，若比照分十四品的文官體制，這項職務位居九品。

2 陸軍上將（генерал-аншеф），在舊俄時期，若比照文官體制，這項職務高居二品。

人和賓客先到養狗場，那裡有五百多條的獵犬與伯爾扎亞犬，狗兒過的生活是既舒適又溫暖，簡直可用狗言狗語頌揚特羅耶庫羅夫老爺的慷慨大方。那裡還附設醫院，由校級軍醫季莫什卡負責，專門照料生病的狗兒，此外，還有一個隔間，名貴的母狗都在這兒生產並餵養小狗。特羅耶庫羅夫老爺對這裡良好的設施非常自豪，從不會放過機會向賓客炫耀一番，其實每一個客人至少都已參觀過二十次。他在客人簇擁下，以及季莫什卡與幾個主要養狗人員的陪伴下，來回巡視狗場，他在幾間狗舍前停下腳步，一下子仔細詢問生病狗兒的病情，一下子發表多少還算嚴厲既公正的意見，一下子又把幾條熟悉的狗兒叫到跟前，親熱地跟牠們說說話。賓客為善盡義務，總是會把特羅耶庫羅夫老爺的狗場大肆讚美一番。唯獨杜勃羅夫斯基默不作聲，並頻頻皺眉。他熱衷狩獵，但他的財力只允許他飼養兩條獵犬與一群伯爾扎亞犬。看到規模如此壯觀的狗場他難免有幾分妒意。「你幹嘛皺眉頭，兄弟，」特羅耶庫羅夫問他，「還是你不喜歡我的犬舍？」「不，」他嚴肅地答道，「犬舍太好了，您手底下的人住的未必比得上您的狗兒。」一名養狗人員大感屈辱。「托上帝和老爺的福，我們對自己的住家倒沒啥抱怨，何況事實總歸事實，別的貴族拿他的莊園來換這裡任何一間狗窩，都不是壞事。他會吃得飽一些，住得暖一些。」自己的奴才說話如此無禮，特羅耶庫羅夫聽得卻哈哈大笑，賓客也跟著他哈哈大笑，雖然感覺到，養狗人員的笑話有可能是衝著他們而來。杜勃羅夫斯基臉色煞白，不發一語。正當此時，有人用籃子裝著一窩初生的小狗，拿到特羅耶庫羅夫跟前，他忙著看狗兒，選了兩隻，然後吩咐把其餘的都溺死。這時，不見杜勃羅夫斯基的蹤影，也沒有人對這事稍加注意。

和賓客從狗場回來後，特羅耶庫羅夫老爺坐定進用晚餐，這時沒看到杜勃羅夫斯基，才想到要找他。人們答說，杜勃羅夫斯基回家去了。特羅耶庫羅夫吩咐立刻追趕，務必把他追回。他出獵從來沒有一次不帶著杜勃羅夫斯基，因為這個人鑑定犬隻的品質是經驗老到，眼光精準，而且對於狩獵可能發生的種種爭議，都能處理得妥當無誤。於是僕人騎馬追去，回來時，大家還坐著用餐，他向老爺報告說，杜勃羅夫斯基怎麼也說不動，不願回來。特羅耶庫羅夫平常幾杯水果露酒下肚，脾氣就特別暴躁，這時也大發雷霆，再度派遣同一名僕人前去告訴杜勃羅夫斯基，要是他不馬上返回波克羅夫斯克村過夜，那他，特羅耶庫羅夫，就永遠和他翻臉。僕人騎馬去了，特羅耶庫羅夫起身離席，讓客人散去，自己便上床睡覺。

次日，他第一個問題便是：杜勃羅夫斯基在不在這兒？僕人沒答覆他，只是遞交給他一封折成三角形的信。特羅耶庫羅夫命令文書念給他聽，於是聽到內容如下：

我尊貴的閣下：

閣下未將養狗人巴拉莫什卡送到我這兒當面請罪之前，我無意返回波克羅夫斯克村。至於要對他懲罰或寬赦，將視我的心意而定，我不能容忍閣下奴才的嘲笑，也不會忍受閣下的調侃，因為我不是跳樑小丑，而是世襲貴族。謹此恭候吩咐。

安德烈・杜勃羅夫斯基

按照現今禮節的概念，這封信是十分不合體統的，但是讓特羅耶庫羅夫火大的並不是奇怪的修辭與態度，而是本質的問題：「怎麼，」特羅耶庫羅夫大發雷霆，赤著腳從床上跳下，「送我的人向他請罪，要寬赦，要懲罰，全憑他處置！他到底打什麼主意？他有沒有搞清楚，他是跟誰在打交道？看我把他……讓他在我面前痛哭流涕，好知道惹我特羅耶庫羅夫的後果！」

特羅耶庫羅夫穿好衣服，便出門狩獵，排場還是跟往日一樣闊氣，但是狩獵毫無成果。

忙了一整天才看到一隻兔子，而且還追丟了。原野上、帳篷下的一頓午餐也不成功，或者說，至少是不合特羅耶庫羅夫的胃口。他把廚師毒打一頓，也把客人痛罵一番，回程路上，還很任性地故意從杜勃羅夫斯基的田地上呼嘯而過。

幾天過去，兩位鄉親的敵意絲毫未減。杜勃羅夫斯基沒有回到波克羅夫斯克村——沒他作陪，特羅耶庫羅夫也是落落寡歡，滿腹惱火在大聲咆哮中傾洩而出，用的是最具侮辱性的措辭，歸功於當地貴族的古道熱腸，這些話經過加油添醋後傳到杜勃羅夫斯基的耳裡。之後，又發生新的狀況，讓雙方和解的最後希望化為烏有。

有回，杜勃羅夫斯基乘馬巡行自己小小的領地，走近樺樹林時，聽到斧頭砍劈聲，沒多久又聽到樹木倒下的斷裂聲。他急忙奔進樹林，撞見幾個波克羅夫斯克村的農民，正從從容容地盜採他的林木。他們一看到杜勃羅夫斯基，原想拔腿就逃。杜勃羅夫斯基和自己的馬夫將其中兩個農民逮個正著，把他們捆綁後帶回自家院子。三匹敵方的馬兒也成為勝利者的獵物，一併帶回。杜勃羅夫斯基一肚子怒火，在此之前，特羅耶庫羅夫手下這些人，這幫惡名昭彰的土匪，從來不敢在他領地範圍撒野，因為他們清楚他與他們老爺交情匪淺。眼看這幫人利用兩家交惡，趁火打劫，杜勃羅夫斯基於是不顧兩家爆發戰爭的可能性，決定用他們留在自己林子裡的樹枝，把階下囚教訓一頓，馬兒則送去勞役，列入自己的牲口。

這事件當天就傳到特羅耶庫羅夫那兒。他是怒不可抑，在氣頭剛上來的那一剎那，他原想率領所有家丁襲擊基斯杰涅夫卡村（他鄰居的村子如此稱呼），將它徹底搗毀，再把地主本人囚禁在自己的莊園。這樣的豐功偉績對他來講也不是什麼非比尋常的事情。不過，他很快又另有想法。

他在大廳來回踱著，腳步沉重，無意間向窗外望了一眼，看到門口停放著一輛三頭馬車；一個矮小男子，頭戴皮革帽子，身穿粗呢外套，從馬車裡走出，往廂房裡的管家那兒走去。特羅耶庫羅夫認出這是陪審官沙巴施金，便吩咐要他過來。一會兒沙巴施金已站在他前面，不住點頭哈腰，畢恭畢敬地等候差遣。

「你好，我忘了你叫什麼來著，」特羅耶庫羅夫對他說道，「有何貴幹啊？」

「我要到城裡去，大人，」沙巴施金答道，「就順道去伊凡．杰米揚諾夫那兒，看看大人有什麼吩咐？」

「你來得正巧，我忘了你叫什麼來著，我正有事找你。喝杯伏特加，再聽我說吧。」

如此殷勤接待讓陪審官受寵若驚。他謝絕了伏特加，便戰戰兢兢地聽候特羅耶庫羅夫老爺差遣。

「我有個鄰居，」特羅耶庫羅夫說道，「他是個粗野無禮的小地主。我想把他的領地弄到手——你看該怎麼辦？」

「大人，要是有什麼證件或者……？」

「瞎說，老弟，哪來的證件，那是公事公辦用的。妙就妙在，不用法律依據就把他的領地弄到手。不過，等等，這個領地一度屬於我們的，從一個叫斯比岑什麼的那兒買來的，後來又賣給杜勃羅夫斯基的父親。能不能從這兒找碴？」

「不好辦啊，大人，看來，這樁買賣都按法律程序辦理啊。」

「動動腦筋吧，老弟，好好找個辦法。」

「要是，比如說，大人您不管用什麼方法從鄰人手中弄到什麼記錄或買賣契約的，他依據什麼擁有自己手中田產的，那當然……」

「明白，不過麻煩就在這裡——他所有文件都在一場大火中燒毀一空。」

「怎麼，大人，他的文件都燒毀了？這對您不是更好嗎？在這種情況下，您就依法辦理，毫無疑問，一定包君滿意。」

「你這樣認為嗎?好，你就看著辦。有勞你費心了，至於謝禮嘛，你大可放心。」

沙巴施金深深一鞠躬，腦袋幾乎碰到地面，便出門而去;從這天起他就為這項陰謀開始奔走。多虧他的機靈，正好過了兩個星期，杜勃羅夫斯基便收到城裡來的通知，要他馬上送去他擁有基斯杰涅夫卡村的相關說明。

杜勃羅夫斯基收到突如其來的查詢函，大感震驚，當天就寫了一封覆函，措辭尖銳，聲稱，他是在父親過世後，按繼承法取得基斯杰涅夫卡村的產權，特羅耶庫羅夫與該村毫不相干，若有旁人意圖染指他的這項所有權即是誹謗與詐欺。

看到這封信，陪審官沙巴施金心裡大樂。他看出，其一，杜勃羅夫斯基不大懂得訴訟門道;其二，此人性情如此急躁、冒失，不難把他逼入最不利的地位。

杜勃羅夫斯基冷靜地推敲陪審官的查詢後，覺得有必要作出更詳細的答覆。他寫了一份條理相當分明的文書，但事後顯示這項說明仍欠充分。

案件曠日費時。杜勃羅夫斯基自認己方有理，便少再操心此事，更不願意也不可能為自己花錢打點。雖然他平日總是第一個取笑衙門官吏出賣良心，但他想也想不到自己竟會成為訟棍的犧牲品。另一方面，對於自己一手策劃的官司勝負如何，特羅耶庫羅夫也是很少放在心上——這一切都有沙巴施金為他奔走，仗勢他的名義辦事，威脅並利誘法官，對於各種法令是正是反全憑他們說了算。無論如何，一八＊＊年的二月九日，杜勃羅夫斯基透過城裡警察局收到通知，要他出庭地方法院，聆聽有關他，杜勃羅夫斯基中尉，與陸軍上將特羅耶庫羅夫之間一宗田產爭議案件的判決，並簽署文件表示服從或不服判決。當天杜勃羅夫斯基前往城裡，半路上特羅耶庫羅夫從後趕上。他們彼此傲然地互瞄一眼，杜勃羅夫斯基發現，對手的臉上浮現惡毒的笑容。

第二章

來到城裡，杜勃羅夫斯基在一位熟識的商人家裡逗留，在那兒過了一夜，次日一早他便來到縣法院出庭。誰對他也沒多予理會。特羅耶庫羅夫隨他之後抵達。文書隨即起立，將羽毛筆擱在耳上。法院人員前來迎接，一副卑躬屈膝的樣子，為他搬來一張安樂椅，以表達對他官爵、年齡以及魁梧身軀的敬意。他在敞開的大門口就座，杜勃羅夫斯基則緊貼著牆壁站立，法庭一片鴉雀無聲，書記官以洪亮的聲音開始宣讀法院判決。

儘管我們對自己的產業無可爭議地擁有所有權，但在俄羅斯有人還是可以透過各項手段剝奪我們的產業。我們相信，所有人都很樂見我們將其中一項手段公諸於世，因此，我們將法院判決全文照錄於後。

一八＊＊年十月二十七日，＊＊縣法院審理禁衛軍中尉安德烈·加甫里爾之子·杜勃羅夫斯基侵佔原屬陸軍上將基里拉·彼得之子·特羅耶庫羅夫所有、座落於＊＊省基斯杰涅夫卡村之產業一案。該領地擁有男性農奴＊＊名，以及包括牧場與農地之土地共＊＊俄畝。本案顯示：上述陸軍上將特羅耶庫羅夫於去年，一八＊＊年六月九日，向本院遞狀表示，其先父八等文官暨勳章獲得人，彼得·葉菲姆之子·特羅耶庫羅夫，任職於＊＊總督衙門擔任省府秘書期間[1]，於一七＊＊年八月十四日，自貴族出身之文書法杰依．葉戈爾之子．斯比岑購得位於＊＊地區上述基斯杰涅夫卡村（根據第＊＊次丁口普查[2]，該村當時稱為基斯杰涅夫卡移民新村）之地產；根據第四次丁口普查，該地產共計連同農奴家產在內之農奴＊＊名與莊園一處，包括耕地與非耕地、林地、草場、名為基斯杰涅夫卡之小河沿河漁場，以及隸屬該地產之所有農業用地與所有人之木造房屋一棟，亦即法杰依．葉戈爾之子．斯比岑於其父，貴族出身之警察葉戈爾．杰連季之子．斯比岑過世後，繼承所得之所有領地，未留一丁一畝，以總價二千五百盧布，於當日在＊＊審判暨執行法院完成買賣手續。原告之父並於當年八月二十六日，經由地方法院辦妥該地產權過戶手續，取得所有權。後於一七＊＊年九月六日，其父蒙上帝寵召，與世長辭，然而原告，陸軍上將特羅耶庫羅夫，自一七＊＊年，幾乎自少年時起即服務軍職，且多數時間遠征國外，故其無從獲悉其父過世之訊息，亦不知其父身後所留之產業。現今其解甲歸田，返回父親領地，這些領地分別位於＊＊與＊＊等省＊＊、＊＊與＊＊等縣各村莊，農奴共達三千人，其卻發現，諸領地中，之前所述丁口數＊＊之農奴（根據最近之第＊＊次丁口普查，該村農奴共

＊＊人）連同土地與所有農業用地，竟遭上述禁衛軍中尉杜勃羅夫斯基非法佔有，是故原告在訴狀中一併呈遞由賣方斯比岑出具給其父之土地賣契原件，並聲請收回上述遭杜勃羅夫斯基侵佔之領地，交還特羅耶庫羅夫本人全權處置。關於杜勃羅夫斯基侵佔土地並從中牟取利益一事，聲請對此進行適當調查後，依法科予應有之罰鍰，並以此補償特羅耶庫羅夫之損失。

＊＊地方法院按訴狀進行調查後發現：上述有爭議產業之現今業主，禁衛軍中尉杜勃羅夫斯基，向當地貴族陪審官呈遞辯解狀，指稱：其目前所有座落於上述基斯杰涅夫卡村之領地，包含農奴＊＊名及土地與農業用地，乃於其父，砲兵少尉加甫里爾·葉甫格拉夫之子·杜勃羅夫斯基過世後，繼承所得。而這筆領地又係其父自原告之父，前省府秘書、後晉升為八品文官之特羅耶庫羅夫之手中購買所得，並

1 省府秘書（провинциальный секретарь）按當時文官體制，屬於十三品。

2 丁口普查（ревизия），有人譯為「人口調查」。在俄國十八世紀與十九世紀上半葉期間，對全國城鄉地區進行過這樣的人口普查共十次，最後一次是在一八五七年。這樣的調查其實僅針對男性人口，因為當時政府向人民徵收「人頭稅」（подушная подать）是按男性人口計算。根據調查結果列冊登記的當然只有男性人口。因此，本篇法院判決書中提到貴族領地上的農奴數目時，也僅計算男性人口。也因此，譯者決定在此將ревизия一詞譯為「丁口普查」。

於一七＊＊年八月三十日，由原告之父出具委託書，經由縣法院認證，交予九品文官格里戈里·瓦西里之子·索包列夫辦理各項手續。該委託書規定，地產契約應由委託人交予被告之父，因為委託書載明：原告之父，特羅耶庫羅夫，已將按買賣契約購自文書斯比岑之田產，包括農奴＊＊名及土地，悉數售予被告之父，杜勃羅夫斯基，此外，按合約議定之售價，三千二百盧布，業已自被告之父全數收悉，並無分文退回，故請受委託人索包列夫將地契交予被告之父。同時，委託書記載，由於已付清所有款項，被告之父作為法定業主，對於其所購買之田產得行使所有權與管理權，直至出售該項產權為止，今後賣方，特羅耶庫羅夫，與其他任何人，對該項產業，均不得提出所有權之要求。然而，受委託人索包列夫於何時與何地將地契交予其父——被告安德烈·杜勃羅夫斯基並不得而知，因當時被告尚屬年幼，而其父過世後，該項地契又無從尋獲，據推測，應於一七＊＊年房屋失火時，地契連同其他文件與房屋一併燒毀。有關此次火災該村居民皆有所知。自特羅耶庫羅夫出售或委託索包列夫之日起，亦即自一七＊＊年起，以及自被告之父於一七＊＊年過世後迄今，他們，杜勃羅夫斯基家族，擁有這項產權，毋庸置疑，有關此事附近居民皆可作證。作證居民共五十二人，彼等於查詢時供稱，據記憶所及，該項產業約七十年前起確為上述杜勃羅夫斯基家族所有，毫無疑議；不過，根據何項文件或契約，彼等概無所知——至於本案該項產業前述原買主，前省府秘書彼得．特羅耶庫羅夫是否曾擁有該項產業，彼等無從記起。杜勃羅夫斯基家族之房屋於三十年前該村深夜一場大火時付之一炬；另外，外人認為，該項有爭議產業，據估計，從那時起每年總受益不下於二千盧布。

對此，陸軍上將基里拉．彼得之子．特羅耶庫羅夫表示異議，於今年一月三日向本院遞狀指稱，前述禁衛軍中尉安德烈．杜勃羅夫斯基在本案偵查過程雖提出其先父加甫里爾．杜勃羅夫斯基交予九品文官索包列夫購買該項產業之委託書，然而，其非但未能出示地契原本，更未能按民法十九條與一七五二年十一月二十九日法令之規定，提出完成該項交易之任何明確證據。再者，根據一八一八年五月＊＊日之法令，由於委託人，被告之父，業已亡故，該項委託書今日已完全視為無效。此外，爭議性產權之歸屬，按規定，有契約者按契約判決，無契約者則按調查處理。

針對屬於原告之父之該項產業，原告已提出相關契約文書以茲證明，是故應依上述各項法令，收回上述杜勃羅夫斯基所侵佔之產業，並按繼承法歸還原告。另外，針對上述兩造地主，被告非法侵佔不屬自身之產業，並獲取不屬自身之不當收益，則於清查金額之後，應依法向地主杜勃羅夫斯基如數追回，並以此補償原告特羅耶庫羅夫。＊＊縣法院審閱本案並依據引用之相關法令後，作出判決如下：

由本案可見：針對上述現由禁衛軍中尉安德烈・加甫里爾之子・杜勃羅夫斯基佔有、座落於基斯杰涅夫卡村、擁有按最近第＊＊次丁口普查男性農奴共＊＊名，及土地與農業用地之有爭議產業，陸軍上將基里拉・彼得之子・特羅耶庫羅夫呈遞貴族出身之文書法杰依・斯比岑於一七＊＊年出售該產業予省府秘書、後為八品文官之原告先父之契約原本；此外，由契約上之簽字可知，買主，特羅耶庫羅夫，同年經由＊＊地方法院認證擁有該項產權，而該項產業也已遺贈給原告。儘管禁衛軍中尉安德烈・杜勃羅夫斯基表示異議，並出示由已故買主特羅耶庫羅夫交予九品文官索包列夫辦理轉移產權至被告之父杜勃羅夫斯基名下之委託書，然而依＊＊法令，以此方式之交易，不但不動產產權之確立，甚至連暫時擁有，都被不允許；更何況，委託書隨著出具人之過世，已完全喪失效力。再說，自本案進入訴訟程序之始，亦即一八＊＊年，迄今，杜勃羅夫斯基方面未曾提出任何明確證據，以茲證明確實於何地何時完成該項有爭議產業之土地買賣。故本庭認定：依據所出示之買賣契約，上述產業，含農奴＊＊名、土地與農業用地，按其現狀，確認當屬陸軍上將特羅耶庫羅夫所有；茲責成＊＊縣法院撤銷禁衛軍中尉杜勃羅夫斯基對該產業之支配權，並按繼承規定將產業遺贈予特羅耶庫羅夫先生所有。此外，陸軍上將特羅耶庫羅夫聲請向禁衛軍中尉杜勃羅夫斯基追索其侵佔原告繼承之田產所獲之收益。然而，據當地老住戶供稱，該項產業多年來為杜勃羅夫斯基家族管理，並未有任何爭議；而本案亦未顯示，對於杜勃羅夫斯基家族侵佔其產業一事，特羅耶庫羅夫先生方面在此之前曾提出任何訴訟。關於本案，依法規定如下：凡在他人土地上播種或圍建宅院者，若有人提出非法侵佔告訴，並經調查屬實，則該土地連同播種作物、圍欄與建築物等悉歸還法定所有人。

據此，陸軍上將特羅耶庫羅夫聲請向禁衛軍中尉杜勃羅夫斯基追索之告訴，應予駁回，因原屬其所有之產業業已判決悉數歸還其所有，並未排除任何物件。所有物件歸還陸軍上將特羅耶庫羅夫，不得有任何遺漏，有關索賠一事倘若有其他任何明確、合法事證，得另行向法院提出告訴。本項判決依據法律規定與訴訟程序應事前向原告與被告雙方宣讀，原告與被告雙方經由警局傳喚到庭聽取判決，並簽字表示服從或不服判決。

本判決書由出席本庭各方簽字。

書記官宣讀完畢，陪審官起立，深深一鞠躬向特羅耶庫羅夫致意，要他在遞上前去的文件上簽字，特羅耶庫羅夫一副勝利者的姿態，從他手中接過鵝毛筆，在法院判決書下方簽上「完全服從」。

輪到杜勃羅夫斯基。書記官遞給他文件。只見杜勃羅夫斯基垂下頭，一動也不動地站著。

書記官再度要他簽下完全心服或明確不服，要是自認良心無愧，可以寫上有意於規定期限內向有關機關提出上訴。杜勃羅夫斯基默不吭聲……突然，他抬起頭，雙眼火光閃動，跺了一下腳，猛然把書記官推倒在地，再一把抓起墨水瓶，扔向陪審官。眾人一陣驚恐。「怎麼！連上帝的教堂也不尊敬！滾，賤胚！」然後，轉向特羅耶庫羅夫：「聽過這樣的事嗎，大人，養狗人竟把狗帶進上帝的教堂！讓狗在教堂裡滿屋跑。等著瞧，我會教訓你一頓……」守衛聞聲趕來，強力將他制服，帶到外面，送上雪橇。特羅耶庫羅夫在法院全體人員陪同下，跟著走了出來。杜勃羅夫斯基突然精神失控，也大大影響特羅耶庫羅夫的情緒，原本是勝利的喜悅，現在卻大感掃興。

法官們本來還期待他能表示一下謝意，豈知他連一句客套話的賞賜都不給，當天就回波克羅夫斯克村去了。這時杜勃羅夫斯基臥倒在床，幸好縣裡的大夫還不算是不學無術的庸醫，及時用上水蛭給他放血，[3]並敷上斑蝥膏藥。[4]黃昏時分，他的病情開始減輕，並甦醒了過來。次日，他就被送回幾乎不再屬於他的基斯杰涅夫卡村。

3 水蛭，又名「螞蟥」，屬環節動物門蛭綱類動物，靠吸食人類或動物血液維生，但自古以來在中國、印度、埃及等地卻利用牠的吸血功能與唾液中的水蛭素作為醫療用途，據說，可運用於治療血瘀、心肌梗塞、腦中風等。水蛭療法曾於十九世紀初流行於歐洲。

4 斑蝥，又名「斑貓」、「龍蠔」、「地膽」、「西班牙蒼蠅」等，屬鞘翅目芫青科斑蝥屬昆蟲，號稱是世界上最毒的甲蟲，但也具醫學用途，據說，可以運用於疔腫拔根、癰疽拔膿，以及治療惡瘡、贅疣、頑癬、癌腫等。

第三章

過了若干時日，可憐的杜勃羅夫斯基健康始終不妙。確實，精神失控情況不再發作，但是元氣明顯日益衰弱。他老是忘卻往常事物，難得邁出自己房間，日日夜夜陷入沉思之中。葉戈羅芙娜，那位曾經照顧過他兒子的好心老太婆，如今反成了他的保姆。老太婆照料他，像是照料個小孩，時時提醒他，什麼時候該吃飯，什麼時候該睡覺，為他料理三餐，安頓他睡覺。杜勃羅夫斯基乖乖地聽從老太婆，除了她之外，跟誰也不打交道。對於自己各項事務與家道經營，他已無力思考；因此，葉戈羅芙娜覺得有必要把這一切通知小杜勃羅夫斯基，他在禁衛軍步兵團服役，這時人在彼得堡。於是，葉戈羅芙娜從帳簿撕下一頁紙張，由她口述一封信，要廚師哈里通給記下來，哈里通可是基斯杰涅夫卡村唯一識字的人；當天這封信就送到了城裡的郵局。

話說回來，也該是讓讀者諸君認識我們小說真正的主人翁的時候了。

弗拉基米爾·安德烈維奇·杜勃羅夫斯基，受教育於軍官學校，畢業後以騎兵少尉進入禁衛軍。父親對他毫不吝嗇，給了可觀的生活費，因此年輕人從家裡拿到的多於他所應期待的。他出手闊綽，愛好面子，恣意揮霍；他玩牌，欠債，從不顧慮未來，卻預想自己早晚會娶到一房有錢的媳婦，這是他慘澹青春歲月的夢想。

一天晚上，幾位軍官坐在他的房裡，東倒西歪地靠在沙發上，抽著他的琥珀煙斗；這時他的僕役格里沙給他遞上一封信，信上簽名與印戳頓時讓這位年輕人大感詫異。他急忙打開信封，讀到如下內容：

你，我們的少爺，弗拉基米爾，——咱，你的老奶媽，決意向你報告你爹的健康狀況！他狀況十分惡劣，有時胡言亂語，而且整天呆坐，像個傻小孩——是活是死，全憑上帝旨意了。回到咱們身邊吧，我的好小子，咱們會派馬車到砂石村接你。聽說，地方法院要到咱們這兒，將咱們移交給特羅耶庫羅夫管轄，因為，根據他們的說法，咱們是他們的人，可是咱們一直以來都是你們家的人呀，咱們打出生以來都沒聽過那碼子事。你人在彼得堡，或許你可向沙皇老爹稟報這事，他或許可以不讓咱們受委屈。咱始終是你忠實的奴僕，你的奶媽。

奧里娜·葉戈羅芙娜·布茲廖娃

給格里沙致上咱作母親的祝福，他把你侍奉得還好吧？咱們這兒下了一個多禮拜的雨，牧人羅季已於米古拉節日[1]前後歸天。

弗拉基米爾·杜勃羅夫斯基把這些語無倫次的詞句連續讀了好幾遍，內心激動無比。他自幼喪母，並於八歲，在幾乎都還不認識父親的時候，就被送到彼得堡——因此之故，他對父親懷有一種浪漫式的眷戀，而且他越少享受到家庭生活的安詳喜樂，他對那種生活越是憧憬。

一想到可能失去父親，他就感到椎心刺骨之痛；從奶媽的來信他猜測到可憐病人的狀況，這讓他驚恐不已。他想到，父親被遺棄在偏僻的鄉間，流落到呆頭呆腦的老太婆與幾個奴僕手中，面對大難臨頭，無助地在肉體與心靈的折磨中走向油枯燈滅。由於自己的疏忽大意，弗拉基米爾責怪自己難辭其咎。他已好一段時間未收到父親來信，總以為父親是優游山林或忙於產業，而沒想過該探問父親景況。

1 米古拉節（Миколин день）也就是尼古拉節（Николин день），是俄羅斯東正教的一項節日，教徒於每年舊曆五月九日（新曆五月二十二日）舉行儀式，紀念聖人尼古拉，也就是尼古拉·米爾里基斯基（Николай Мирликийский），或稱為「神蹟創造者尼古拉」（Николай Чудотворец）。

他拿定主意回家看父親，要是父親病情需要他留在身邊，他甚至解甲歸田都在所不惜。同袍看他心神不寧，便告辭離去。留下弗拉基米爾一個人，於是他提筆寫了請假申請單——點起煙斗，便陷入深思。

當天他就開始奔走請假事宜，三天之後他人已在回家的大路上。

弗拉基米爾漸漸奔近應該從那兒拐向基斯杰涅夫卡村的驛站。他憂心忡忡，有不祥的預感，他害怕見到父親時，他已不在人世。他想到在鄉間等待著他的那種淒慘生活——荒涼偏僻、杳無人煙、貧困簡陋，還有為那一竅不通的活兒胡亂奔忙。來到驛站，他進門去找驛站長，問看看有沒有空閒的馬匹。驛站長問了他去哪兒，便說道，基斯杰涅夫卡村派來的馬匹已經等候他四天三夜了。不多時老車夫安東便前來拜見弗拉基米爾，安東過去曾經帶他去看馬廄，並為他照料小馬。安東一看到他時，不禁老淚縱橫，拜倒在地，並告訴他，老爺還活著，便跑去套馬。早餐端了上來，弗拉基米爾予以婉拒，便匆匆上路。安東載著他走在鄉間土道上——於是兩人便聊天起來。

「請你說說，安東，我父親跟特羅耶庫羅夫究竟是怎麼回事？」

「上帝才曉得怎麼回事，弗拉基米爾少爺……聽說，老爺跟特羅耶庫羅夫鬧彆扭，特羅耶庫羅夫便一狀告上法院——其實啊，他的話常常就是法官的判決了。要去搞懂老爺們的心思可不是咱們奴才的事，不過，說真的，咱們老爺可犯不著去硬槓特羅耶庫羅夫，鞭子打不斷斧頭的。」

「這麼說來，你們這位特羅耶庫羅夫大爺可以為所欲為了。」

「那還用說嘛，少爺，聽說，陪審官在他看來不值一文錢，縣警察局長得聽他使喚。老爺們都得登門向他請安，俗話說得好，有了餵食槽，豬就會自動上門。」

「他要侵吞我們的產業，這是真的嗎？」

「唉，少爺，咱們也這樣聽說。前幾天，波克羅夫斯克村聖堂的工友在咱們村長家的洗禮上說：『你們也該玩夠了，看特羅耶庫羅夫老爺就要把你們抓到手掌心啦。』鐵匠米基塔就跟他說：『得了，薩維里奇，你就別讓老友難過，也別讓客人掃興。特羅耶庫羅夫老爺的歸特羅耶庫羅夫老爺，杜勃羅夫斯基老爺的歸杜勃羅夫斯基老爺。咱們大家都是上帝和沙皇的；更何況，你總不能把別人的嘴巴縫上鈕子吧。』」

「這麼說，你們都不願轉手給特羅耶庫羅夫管轄？」

「讓特羅耶庫羅夫老爺管轄！上帝保佑，但願別那樣。他那兒常常連自己的人都不好過，還要把別家的人弄到手，到時他不但要把人剝一層皮，連身上的肉都要揪了下來。不行，但願上帝保佑杜勃羅夫斯基老爺健康長壽，要是上帝要把他帶了去，那麼，除了咱們的主人你，咱們誰都不要。可別把咱們給賣了，反正咱們已經跟定你。」話聲剛落，安東揮動鞭子，抖動韁繩，馬匹飛馳而去。

老車夫如此忠心耿耿，讓小杜勃羅夫斯基深受感動，他便不再作聲，又陷入沉默。過了一個多小時，忽然，格里沙的的一聲呼喊把他喚醒：「這就是波克羅夫斯克村！」小杜勃羅夫斯基舉起了頭。他的馬車走在一個大湖的岸邊，湖中流出一條小河，遠遠地蜿蜒在數座小山丘之間；其中一座山丘上，在綠意盎然的小樹林上方高高聳立著一棟石造巨宅的綠色屋頂與塔樓；另一座山丘上，是一座有五個圓頂的教堂和一座古意盎然的鐘樓；四處散落著農家木屋，以及家家戶戶的籬笆與水井。小杜勃羅夫斯基認出這些地方；他還記得，就在這座山丘上他曾與特羅耶庫羅夫家的小瑪麗亞一起嬉戲，小瑪麗亞小他兩歲，當時已看出是一個美人胚子。他原來有意向安東打聽小瑪麗亞的消息，但一種羞澀的心情又讓他打消此意。

馬車駛近這位大地主家的屋宇時，他看到白色衣裙閃動在花園的林木之間。這時，安東揮鞭打馬，受到一種虛榮心作祟，這種虛榮心不分鄉間車夫或城裡車夫皆然，他驅車全速飛馳，越過橋樑，跑過村莊。出了村子，他們往山上奔去，於是弗拉基米爾看到一片樺樹林，以及左邊空曠土地上一棟紅色屋頂的灰色小屋；他的心不禁激烈跳動起來；他一眼望去，基斯杰涅夫卡村與父親的破落屋舍赫然出現在眼前。

十分鐘過後，他的馬車駛進主人家的庭院。他環顧四周，內心的激動無以名狀。已有十二年他沒見到自己的家鄉。他在家時才在籬笆邊栽種的那些小白樺樹，如今已長大成枝葉繁茂的高大樹木。院子曾經點綴著三片整齊的花圃，花圃間還穿過一條寬闊的道路，並特意清掃得乾乾淨淨的，如今卻變成一片草地，沒人除草，草地上拴著一匹馬，正在吃草。幾條狗兒原要放聲吠叫，但一認出是安東，便不作聲，搖動起毛茸茸的尾巴。家僕從下人的木屋蜂湧而出，團團圍繞在少爺身邊，鬧哄哄一片，歡欣之情溢於言表。他費了好大的勁才穿越熱情的人群，跑上老舊的臺階。葉戈羅芙娜在門廊處迎接他，哭泣著擁抱自己一手撫養長大的孩子。「妳好啊，妳好，奶媽，」他連聲說道，並緊緊地把善良的老太婆擁抱入懷，「我老爸怎樣？他在哪兒？他狀況如何？」

這時，一個身量高大的老頭兒吃力地拖動雙腿，走進大廳，他面容蒼白削瘦，身穿長罩衫，頭戴尖頂帽。

「你好啊，親愛的弗拉基米爾！」他說道，聲音微弱；於是弗拉基米爾火熱地一把抱住自己的父親。歡樂之情給病人帶來的震撼過於強烈，他頓時全身乏力，兩腿發軟，要不是兒子扶著，他已跌倒在地。

「你幹嘛下床？」葉戈羅芙娜對他說道，「兩腿都站不住啦，人家往哪裡去，你也非要跟著去。」

大家把老頭兒安頓上床。他一股勁地和兒子聊天，但腦中思緒混亂，說話語無倫次。接著，他便緘默不語，陷入昏睡。他的狀況讓弗拉基米爾大為震驚。他就睡在父親的臥房，並吩咐讓他一個人留在父親身邊。家僕遵從指示，於是大家便轉向格里沙，把他帶到下人的房屋，並按鄉下人的作風大肆款待，極盡一切之殷勤與熱忱，又是問東與問西，又是致敬與歡迎，把他搞得精疲力盡。

47

第　三　章

第四章

那兒
曾經滿桌山珍海味，
如今卻見棺材一具。[1]

到家幾天之後，年輕的杜勃羅夫斯基打算料理家業，但父親已無法把必要的事情交代清楚，老杜勃羅夫斯基又未曾委託任何代理人。他在整理父親的文件時，只找到陪審官給父親的第一封信與父親回信的草稿。從這裡他對這項訴訟案無法理出清晰的頭緒，於是決定等待最後結果出爐，希望這項官司能有公平合理的判決。

於此同時，老杜勃羅夫斯基的健康時時刻刻在惡化。弗拉基米爾預見，父親已不久於人世，這時的父親已完全回到童稚狀態，因此弗拉基米爾寸步不離老人身邊。

然而規定期限已過，上訴卻未提出。於是基斯杰涅夫卡村歸於特羅耶庫羅夫所有。沙巴施金登門拜見特羅耶庫羅夫，又是磕頭，又是道喜，還請示，大人何時方便接收新得的產業——是親自接收還是委託什麼人代理。特羅耶庫羅夫老爺反倒發窘。他並非天生唯利是圖，只不過復仇心切讓他做得太過頭，這時他反而良心不安。他了解他如今的對頭、年輕時代的老友處境如何，——這場勝利並未給他帶來內心的喜悅。他狠狠地看了沙巴施金一眼，想找個碴把他罵一頓，但又找不到適當藉口，只好忿忿對他說道：「滾吧，不干你的事。」

沙巴施金見他情緒不佳，於是屈身鞠躬，匆匆離去。留下特羅耶庫羅夫一人，他便開始前前後後踱來踱去，還用口哨吹著《勝利的雷聲響起》，這通常表示他內心思潮洶湧。

終於他吩咐套上輕便馬車，穿上較暖和的衣服（這時已是九月底了），自己親駕馬車，駛出家門。

很快地他便遠遠看到老杜勃羅夫斯基的小屋，兩相矛盾的情緒湧上心頭。他一時為了滿足復仇心與權力慾，相當程度地壓制了內心較為高貴的情感，但終究這種高貴情感還是獲勝了。他決定和自己的老鄉親握手言和，歸還產業，消弭前嫌。由於一念之善，特羅耶庫羅夫內心大感輕鬆，快馬加鞭往自己鄉親莊園奔去——逕自驅車進入庭院。

這時病人正坐於臥室窗前。他認出來者是特羅耶庫羅夫，臉上一陣驚恐與不安。兩頰漲得通紅，取代了平日的蒼白，兩眼火光閃動，口中嘟嘟囔囔，不知所云。他的兒子也正坐在這兒看帳本，抬頭一望，見到父親這個樣子，為之大驚。病人用手指指庭院，一臉驚恐與憤怒。他匆匆撩起長袍下襬，想從安樂椅站起，但稍稍欠起身子……便突然摔了下去。兒子衝到他身邊，老人家躺在那兒，沒有知覺，沒有呼吸——他已全身癱瘓。「快，快到城裡請大夫！」弗拉基米爾叫道。「特羅耶庫羅夫要見您。」僕人走進來，說道。弗拉基米爾沉痛地看了他一眼。

---

1 引自俄國詩人杰爾查文（一七四三——一八一六）的頌詩《悼密謝爾斯基公爵之死》（На смерть князя Мещерского, 1779）。

「告訴特羅耶庫羅夫，趁我還沒要人把他轟出院子前，趕快給我滾……快去！」僕人興沖沖地跑去執行少爺的吩咐；葉戈羅芙娜雙手互擊，不知所措。「咱們的老爺呀，」她尖聲叫道，「你把自個的老命給丟啦！特羅耶庫羅夫可要把咱們給吃光扒盡。」「不要吵，奶媽，」弗拉基米爾忿聲說道，「馬上要安東到城裡請醫生。」葉戈羅芙娜走了出去。

前廳一個人也沒有，大家都跑到院子瞧特羅耶庫羅夫去了。她走到門階——聽到僕人代少爺回話。特羅耶庫羅夫坐在馬車上聽完回話。他的臉變得比夜色更陰沉，只見他鄙夷一笑，惡狠狠地朝僕役們瞧了一眼，緩緩地驅車走在庭院附近。他朝窗口看了一眼，不久前這兒還坐著老杜勃羅夫斯基，但現已不見人影。奶媽站在門階，把少爺的吩咐都給忘了。家僕們鬧哄哄一片，紛紛議論剛發生的事。突然弗拉基米爾出現在眾人之間，聲音哽咽地說道：「不用去找醫生了，老爺子已經歸天了。」

眾人一陣驚慌。大家衝到老爺子房間。他躺在安樂椅上，是弗拉基米爾把他搬上去的。他的右手垂到地面，腦袋掛在胸前——軀體已無生命跡象，雖然尚未冰冷，但由於死亡而變得扭曲。葉戈羅芙娜放聲哀嚎，家僕圍繞在往生者四周，遺體已交由他們照料，——家僕為他清洗身子，穿上還是一七九七年縫製的禮服，然後把他放到桌子上，他們在這張桌邊已伺候老爺好多年啦。

第五章

葬禮在第三天舉行。可憐老頭的遺體安放在桌上，覆蓋著白色殮衣，周圍點燃著蠟燭。餐廳裡擠滿家僕，準備出殯。弗拉基米爾和三名家丁抬起靈柩，神父走在前頭，教堂執事伴隨在他身旁，嘴裡吟誦著往生經文。基斯杰涅夫卡村的主人最後一次越過自己房屋的門檻。靈柩抬過小樹林，林子後面就是教堂。天氣晴朗而寒冷，秋天的樹葉紛紛從樹上飄落。

一出樹林，就看到基斯杰涅夫卡村的木造教堂，以及老椴樹遮掩的墓園。那兒，安息著弗拉基米爾的母親；那兒，就在她墳墓的旁邊，昨日才新挖一個墓穴。

教堂裡擠滿基斯杰涅夫卡村的農民，他們來此向自己的老爺表達最後的崇敬之意。小杜勃羅夫斯基立於唱詩班旁邊；他沒哭泣，也沒禱告——但他的臉色讓人望之生畏。哀傷的儀式結束。弗拉基米爾第一個上前與往生者告別，隨後是所有家僕——抬來了棺木蓋，釘好棺木。村婦們嚎啕大哭，莊稼漢則偶爾用拳頭擦拭眼淚。弗拉基米爾與原來那三名家僕抬起靈柩，在所有村民的陪同下，走往墓園。靈柩安放入墓穴，每位在場者都往裡灑進一把沙土，然後大家把墓穴填滿，眾人向它鞠躬致意後，便各自散去。弗拉基米爾匆匆離去，走在眾人之前，消失在基斯杰涅夫卡村的小樹林。

葉戈羅芙娜表示，弗拉基米爾無心出席葬宴，但是她還是代表少爺邀請牧師與所有教堂神職人員赴宴。於是，神父安東、他的妻子費多托芙娜與教堂執事便往主人家宅院走去，沿路還和葉戈羅芙娜談論往生者生前的各項善舉，也談論到他的繼承人顯然會遭遇到什麼事情。（特羅耶庫羅夫來此，卻吃了一頓閉門羹，附近一帶已眾所皆知，當地政界人士都已預言其後果將非同小可。）

「該來的，總會來，」神父妻子說道，「要是杜勃羅夫斯基少爺不能當咱們的主人，那太遺憾了。這人真好，是沒得說的。」

「不是他，那還有誰幹咱們的主人，」葉戈羅芙娜插嘴說道，「特羅耶庫羅夫發火也沒用。他槓上的可不是個孬種。咱家這個好兒郎可會自己保護自己的，再說，上帝保佑，好人不會讓他落單的。特羅耶庫羅夫也太目中無人啦！咱家的格里沙對他大喝：『滾，老狗！給咱滾出院子！』他還不是夾著尾巴滾蛋。」

「哎呀，葉戈羅芙娜，」教堂執事說道，「格里沙是怎麼罵得出口的；說起來啊，咱寧願對大主教咆哮，也不願對特羅耶庫羅夫大爺斜眼瞄一下。誰看他一眼啊，就會全身發毛，直打哆嗦，汗水直冒，而且背部會這樣自動地彎呀彎下去……」

「人生到頭來一場空，」神父說道，「哪天人家要為特羅耶庫羅夫大爺唱起輓歌，祈求他永遠安息，一切還不是跟今天的杜勃羅夫斯基老爺一樣，就是送葬場面大些，人來得多些，在上帝看來，還不都是一個樣！」

「唉，神父呀！咱們本想把地方鄉親都叫來，就是杜勃羅夫斯基少爺不答應。咱們這兒可啥都不缺，要招待客人啥都有，只要吩咐去辦就行了。不過，要是沒什麼人，至少也要讓你們吃飽喝足才行，咱們親愛的客人。」

這些親切的許諾，以及對可口佳肴的期待，讓談話者加快腳步，他們順利來到主人家裡，餐桌已準備妥當，伏特加酒也已端上。

這時，弗拉基米爾在樹林裡越走越深，想用運動與疲累壓制內心的傷痛。他只管走著，也不看清道路，樹枝不時把他刺傷或刮傷，他的雙腳不時陷入泥沼，——他卻毫無所覺。最後他來到一個窪地，四面八方都圍繞著樹林；一條小溪蜿蜒在一片樹木旁邊，秋天都已把樹木剝得半禿了。弗拉基米爾打住腳步，落座在冷冷的草皮上，於是思緒蜂擁心頭，一個比一個黯淡……他強烈感受到孤苦無依。對他而言，未來是烏雲罩頂。與特羅耶庫羅夫的仇恨預示著，不幸即將到來。他那微薄的家業很可能落入他人之手——在此情況下，他將一貧如洗。他久久地坐在原地，一動也不動，目送靜靜的溪流帶走幾片枯槁的落葉，這讓他在想像中栩栩如生地呈現人生亦復如此的真實情景——這種相似是很司空見慣的事。終於他發現天色漸暗；他站起身，起步尋找回家的路，豈知他卻久久地迷失在這片陌生的樹林中，最後才偶然踏上直通家門的小徑。

杜勃羅夫斯基看到神父與教堂人員迎面而來。腦海中浮現一個不祥的兆頭。於是他不由自主地閃到一旁，躲到樹後。神父等人沒注意到他，還熱烈地彼此交談，從他前面走了過去。

「遠離邪惡，做點好事吧，」神父對妻子說道，「咱們在這兒沒啥好待的。管他結局如何，也沒啥了不起。」神父妻子回答了些什麼，不過弗拉基米爾沒能聽清楚。

往前走近，他看到好多的人——有農民，有家僕，齊聚主人家的院子。弗拉基米爾遠遠就聽到異乎尋常的喧囂聲與說話聲。草棚邊停著兩輛三頭馬車。門前臺階上站著幾個穿制服式禮服的陌生人，好像在說明些什麼事情。

「怎麼回事？」他氣憤地向迎面跑來的安東問道，「這是些什麼人，他們要幹什麼？」

「哎呀，杜勃羅夫斯基少爺，」老頭氣喘吁吁地答道，「法院來人啦，要把咱們交給特羅耶庫羅夫，把咱們從你的關照中剝奪！……」

弗拉基米爾低下頭，他的人把自己不幸的東家團團圍住。「你是咱們的庇護人，」他們大聲喊道，並親吻他的雙手，「除了你，咱們不要別的主子，下個令吧，少爺，法院由我們來應付。咱們死也不會出賣你。」弗拉基米爾瞧著他們，奇妙的情感讓他激動不已。「各位稍安勿躁，」他對眾人說道，「我會跟衙門的人說說」。「說說去，少爺，」人群中有人喊道，「讓那些造孽的人感到羞愧。」

弗拉基米爾走向那幾個官吏。沙巴施金頭戴帽子，兩手叉腰而立，傲然地左顧右盼。縣警察局長，一個高高胖胖的男子，約莫五十歲，有一張紅通通的臉，蓄著小鬍子，他見杜勃羅夫斯基走上前來，便咳了一聲，以沙啞的聲音說道：「那麼，我再把說過的話向你們重複一次：根據縣法院判決，從今以後，你們就歸屬特羅耶庫羅夫老爺，他在這裡的代表就是沙巴施金先生。無論他有什麼吩咐，你們都得一概聽從，還有你們這些娘兒們，要愛他，要敬他，那他就會很喜歡你們。」這幾句刻薄的笑話說罷，警察局長便哈哈大笑，沙巴施金與其他官吏也跟著大笑。弗拉基米爾怒火中燒。「容許請教，這是什麼意思？」他故作冷靜地向樂不可支的縣警察局長問道。「這就是說啊，」這位官員答道，一副高深莫測的樣子，「我們來此是為特羅耶庫羅夫老爺進行接管，並請不相干人等捲鋪蓋走路。」「不過，你們在找上我的農民，並宣佈撤銷地主所有權之前，似乎也該先跟我打個招呼吧……」「可你算什麼人，」

沙巴施金目光蠻橫地說道，「前地主杜勃羅夫斯基老爺已經蒙主寵召，我們不認識您，也不想認識。」

「弗拉基米爾是咱們的少爺。」人群中有人說道。

「那兒是誰竟敢如此大膽說話，」警察局長說道，語帶恐嚇，「什麼少爺，什麼弗拉基米爾？你們的老爺是特羅耶庫羅夫——聽到沒，你們這些蠢才？」

「哪有這回事。」同一個聲音說道。

「這簡直是造反了！」警察局長喊道，「嘿，村長，過來！」

村長越眾而出。

「馬上給我找出來，是誰敢如此跟我說話，我讓他好看！」

村長轉向眾人，問道剛才是誰說話，但是眾人默不作聲；隨即在後面幾排人群中傳出絮絮低語，然後聲音開始變大，一下子轉為嚇人的鼓譟聲。警察局長壓低嗓門，想要勸阻他們。「看他作啥？」家僕們大叫，「夥計們！打倒他們！」——於是所有人群便移動起來。

沙巴施金與其他人員趕緊奔進穿堂，把門鎖上。

「夥計們，把他們捆綁起來，」同一個聲音喝道，——於是人群開始逼近……「站住，」

杜勃羅夫斯基大聲叫道，「蠢蛋！你們幹什麼？你們會害死自己，也會害死我。都回家去吧，讓我靜靜。不用怕，沙皇是仁慈的，我會去懇求他。他不會讓我們受委屈的。我們都是他的子民。要是你們造反，幹了盜匪，叫他如何庇護你們。」

小杜勃羅夫斯基的這一番話，還有他那洪亮的聲音，以及莊嚴的神情，產生了預期的作用。眾人安靜了下來，並各自散去——院子頓時變得空蕩蕩。衙門的人坐在穿堂。終於沙巴施金悄悄地開了門，走出到門階，並卑躬屈膝地連連向杜勃羅夫斯基作揖，感謝他的仁慈庇護。弗拉基米爾一臉不屑地聽他說著，一句話也沒回答。「我們決定，」陪審官又說道，「要是您允許，我們就留在這兒過夜；否則天色已黑，您那些莊稼漢恐怕會在半路對我們襲擊。就勞駕您，吩咐下去，哪怕是在客廳給我們舖些乾草也好。只要一天亮，我們就打道回家。」

「悉聽尊便，」杜勃羅夫斯基冷冷地回答他們，「我已不是這裡的主人了。」說著他就退回父親的房間，隨手把門鎖上。

第六章

「就這樣，一切全完了，」他自言自語說道，「早上我還有個地方棲身，還有片麵包餬口。明日我就得把這個我出生於此、父親過世於此的屋子，交給造成父親死亡、造成我一貧如洗的罪魁禍首。」他眼神一動也不動地停留在母親的畫像上。畫家筆下的她兩肘支撐著欄杆，身穿白色晨衣，髮際上有一朵鮮紅的玫瑰。「連這幅畫像都要落入我們仇家之手，」弗拉基米爾想著，「它會被丟入儲藏室，和破損的椅子放一起，或掛在前廳，成為獵犬飼養人嘲笑諷刺與品頭論足的對象，而母親的臥室，還有那個房間……父親在那兒過世，將會住進仇人的管家或者她的妻妾。不！不行！既然他把我從這個房子趕出去，就不能讓這令人傷感的房子落到他手裡。」弗拉基米爾牙齒一咬，可怕的念頭浮上心頭。那批官差的聲音不時傳到耳際，一副已經當家作主的樣子，一下子要東，一下子要西，老是打斷他傷感的思緒，讓他很不愉快。終於，一切陷入平靜。

弗拉基米爾打開五斗櫃和箱子，開始整理亡父的文件，大都是些各項收支帳目，以及各類往來書信。弗拉基米爾看也不看，就把它們撕毀。其間，他發現一個紙袋，上面寫著「吾妻來函」。弗拉基米爾情緒大為激動，便打開閱讀：它們都是寫於遠征土耳其期間[1]，是由基斯

1 這裡指的是一七八七年至一七九一年期間的俄土戰爭。

杰涅夫卡村寄往部隊。母親向父親描述自己冷冷清清的生活與大大小小的家務，她也柔情蜜意地嘆息離別之苦，並呼喚他早日歸來，回到心愛女人的懷抱；其中有一封信，她表示對小弗拉基米爾的健康感到心焦；另一封信她又對兒子小小年紀就才華洋溢，雀躍不已，並預見他會有幸福的未來與光明的前程。弗拉基米爾讀得入神，一時把世上種種都忘懷，一心沉醉於家庭幸福的天地，沒注意到時間的流逝，這時牆壁上的時鐘敲了十一點。弗拉基米爾把信塞進口袋，拿起蠟燭，走出書房。那些官差躺在大廳地板上睡覺。桌上擺著幾個他們喝乾的杯子，房間裡瀰漫著濃濃的一股蘭姆酒的味道。弗拉基米爾走過他們身旁，心中感到一陣厭惡，來到前廳——門上著鎖。弗拉基米爾沒能找到鑰匙，又回到大廳，——鑰匙擺在桌上，弗拉基米爾打開了門，竟撞見一個人，這個人緊挨著牆角——手中一把斧頭，閃閃發亮，弗拉基米爾拿著蠟燭往他照去，認出原來是鐵匠阿爾希普。「你在這幹嘛？」他問道。「啊，杜勃羅夫斯基少爺，是您啊，」阿爾希普悄聲答道，「老天保佑！幸好您拿著蠟燭！」弗拉基米爾一臉詫異地端詳著他。「你躲在這兒幹嘛？」他問鐵匠。

「咱要……咱來……想要看看大家是不是都在屋裡。」阿爾希普小聲答道，說得結結巴巴。

「那你帶著斧頭幹什麼？」

「斧頭幹什麼嘛？今兒個沒帶斧頭怎麼走路。這幫官差，你瞧瞧，如此胡作非為——搞不好啊……」

「你醉了，扔掉斧頭，睡覺去。」

「咱醉了？杜勃羅夫斯基少爺呀，上帝作證，咱整晚可是滴酒未沾啊……再說哪有心思喝酒呢，誰沒聽說，——這幫官差竟想來接管咱們，官差要把咱們少爺趕出宅院……聽聽，他們現在鼾聲如雷，這幫該死的傢伙；把他們一下子了結了，這樣一來豈不是神不知鬼不覺的。」

杜勃羅夫斯基皺皺眉頭。「聽著，阿爾希普，」他沉默半晌說道，「你的主意不是辦法。不是這些官差的錯。你點亮燈籠，跟我走。」

阿爾希普從少爺手中接過蠟燭，在爐灶後面找到一個燈籠，把它點亮，於是兩人悄悄走下門前臺階，從院子旁邊走去。有一個守夜人開始敲起鐵板，幾條狗兒也吠叫起來。「守夜的是誰？」杜勃羅夫斯基問道。「是我們，少爺，」一個尖細的聲音答道，「瓦西麗莎和盧柯麗婭。」「回自己屋裡去吧，」杜勃羅夫斯基跟她們說道，「不用麻煩妳們了。」「收工吧。」阿爾希普說道。「謝了，東家。」兩位村婦答道，隨即回家去了。

杜勃羅夫斯基繼續往前走去。有兩個人朝他走來，並把他叫住。杜勃羅夫斯基認出是安東與格里沙的聲音。「你們幹嘛不睡覺？」他問他們。「咱們還有心情睡覺嗎？」安東答道。「無論誰想到咱們落到這步田地……」

「小聲點！」杜勃羅夫斯基打斷他說話，「葉戈羅芙娜呢？」

「在老爺的屋子，她自己的房間裡。」格里沙回答。

「去把她帶到這兒，也把所有我們的人叫出屋子，一個人都不要留在屋裡，除了那批官差，還有你，安東，去把大車套好。」

格里沙去了，沒多久就帶著自己母親來到。老太婆夜裡都沒脫衣服；除了那批官差，屋裡誰都沒闔眼。

「大家都到了嗎？」杜勃羅夫斯基問道，「沒什麼人留在屋裡吧？」

「沒人，除了那批官差。」格里沙回答。

「去拿一些乾草或麥秸過來。」杜勃羅夫斯基說道。

大夥兒跑到馬廄，然後抱著一大堆乾草回來。

「放到臺階下面。就這樣。好，夥計們，點火！」

阿爾希普打開燈籠，杜勃羅夫斯基點燃火把。

「等等，」他跟阿爾希普說道，「剛才在匆忙間我好像把前廳的大門鎖上了，趕快過去把門打開。」

阿爾希普跑往前聽——大門沒上鎖。阿爾希普把門鎖上，還特意低聲說道，「哪能不這樣啊，開門吧！」——然後回到杜勃羅夫斯基身邊。

杜勃羅夫斯基將火把往前一點，乾草頓時火花四冒，火焰騰空，照亮整個院子。

「哎呀，」葉戈羅芙娜哀傷地叫道，「杜勃羅夫斯基少爺你這是幹啥？」

「別作聲，」杜勃羅夫斯基說道，「好了，大夥們，再會吧，我要到上帝指引的地方去；但願你們跟著新主人會幸福快樂。」

「咱們的老爺，咱們的庇護人呀，」眾人答道，「咱們死也不會離你而去，咱們跟你一道走。」

馬匹套好了；杜勃羅夫斯基帶著格里沙登上馬車，並說好基斯杰涅夫卡村樹林為會面地點。安東揚鞭打馬，他們便駛出院子。

刮起一陣風。剎那間火焰便吞沒整棟屋子。紅色煙霧盤旋在屋頂。玻璃爆裂，紛紛灑落，燃燒在火舌中的樑柱開始倒塌，傳來哀號與慘叫：「我們著火了，救命啊，救命啊！」——「哪能不這樣呢。」阿爾希普說道，凝視著火舌，露出惡毒的笑容。「阿爾希普，」葉戈羅芙娜跟他說道，「救救他們，救救這些有罪的人吧，上帝會獎賞你的。」

「哪能不這樣呢。」鐵匠回答。

這時那幫官差在窗口露臉，只見他們想砸破雙層窗框。可這當兒卻傳來噼啪聲，屋頂便應聲倒塌，於是哀號聲頓時靜止。

沒多久所有家僕便蜂擁而至院子。婦女們大呼小叫地趕緊搶救家當，孩童們跳來跳去，把火災當成好玩事。暴風雪般的火花四飛，農舍也燃起熊熊烈火。

「這下子全都搞定了，」阿爾希普說道，「燒得如何啊？看樣子，從波克羅夫斯克村那兒瞧過來，一定很好看。」

這時發生新的狀況，吸引了他的注意；一隻貓兒在熊熊燃燒的草棚的屋頂來回奔跑，不知該往哪兒跳下，——它四面八方都被火焰包圍。可憐的畜牲發出喵喵的悲鳴，乞求救援。孩童們看到貓兒絕望的樣子，笑得要命。「有啥好笑的，你們這些小鬼，」鐵匠忿忿地向他們說道，「你們不怕上帝嗎？上帝的生靈面臨死亡，你們還傻裡傻氣地窮開心。」——於是，他拿起一把梯子架到烈火燒過的屋頂，爬上去救貓。貓兒明白他的用意，急切間露出感激之情，緊緊抓住他的袖子。他帶著獵物爬了下來，人都被火燒得半焦了。「好啦，大夥們，再會吧，」他對惶恐不安的家僕們說道，「咱家在這而已無啥事可幹。祝大家幸福，也請諸位包涵咱家過去的不是。」

鐵匠揚長而去。火焰仍肆虐一陣子，終於停息下來，一堆堆沒了火焰的炭火在暗夜中閃閃發亮，被火燒得一無所有的基斯杰涅夫卡村的居民兀自在附近徘徊。

第七章

翌日，火災的消息傳遍周圍地區。眾人議論紛紛，各式各樣的揣測與假設都有。有人言之鑿鑿，杜勃羅夫斯基的人在喪宴上喝得爛醉，不慎讓屋子失火；有的人責怪那幾個官差，慶祝新居到手而喝得醺醺然；很多人堅信，杜勃羅夫斯基本人與縣法院的一班官差，以及所有家僕都一起被燒死。有幾個人揣摩真相後認定，這場災難的始作俑者是杜勃羅夫斯基本人，他被仇恨與絕望逼得鋌而走險。特羅耶庫羅夫第二天就來到火災現場，親自調查。結果發現，縣警察局長、縣法院陪審官、司法稽查官、書記官，以及弗拉基米爾·杜勃羅夫斯基、保姆葉戈羅芙娜、家僕格里沙、車夫安東與鐵匠阿爾希普，都已不知去向。所有家僕都供稱，屋頂倒塌時，這班官差都已燒死火場。他們燒焦的屍骨後來也被發現。村婦瓦西麗莎和盧柯麗婭表示，她們在火災前幾分鐘還看到杜勃羅夫斯基與鐵匠阿爾希普。據所有供詞顯示，鐵匠阿爾希普還活著，而且，很可能，即使他不是唯一的，也是這場火災的禍首。至於杜勃羅夫斯基，也有很重的嫌疑。特羅耶庫羅夫派人把事件的詳情送交省長，於是新的劇情又登場了。

沒多時，另外一些消息為人們的好奇與閒聊提供新的材料。在某個地方出現一幫盜匪，附近各地是一片驚恐。為對付他們，政府採取了多項措施，結果都是軟弱無力。搶劫事件接二連三發生，手段一次比一次高明。無論是道路，還是村莊，都不太平。幾輛滿載劫匪的三頭馬車在光天化日之下，橫行全省各地，攔截路客與郵車，長驅直入各村落，打劫地主家園，再一把火將他們家園付之一炬。匪首的聰明智慧、膽氣過人，以及某種的慷慨大度，竟是人人稱頌。人人傳誦他的奇聞軼事；人人嘴邊都掛著杜勃羅夫斯基的大名；人人都堅信，率領這幫膽大包天的草寇的，不是別人，正是他，杜勃羅夫斯基。只有一事讓大家納悶不已：他們對特羅耶庫羅夫的領地居然放過一馬；盜匪既沒打劫過他的一間草棚，也沒攔截過他的一輛貨車。特羅耶庫羅夫狂妄自大，一如往常，他認為，自己領地能成為唯一的例外，應歸功於自己能於全省上下樹立起的威名，以及他在自己各村落建立的優異的警察機構。起初鄉鄰私下對特羅耶庫羅夫的狂妄都竊笑不已，並每天期待不速之客光顧波克羅夫斯克村，那兒他們可是有好處可撈，但最終不得不同意，也不得不承認，就連盜匪對特羅耶庫羅夫都具有令人費解的敬意……特羅耶庫羅夫是洋洋得意，每當聽到杜勃羅夫斯基打家劫舍的新消息，便要對省長、縣警察局長和連長等大肆嘲弄一番，說杜勃羅夫斯基竟然老是能從他們手中全身而退。

這時，十月一日降臨——這是特羅耶庫羅夫村裡教堂的節日。不過，在描述這項節日，以及爾後發生的事件之前，我們必須向讀者介紹幾位新的人物，或者說是在小說開頭一筆帶過的人物。

第八章

雖然之前，對於特羅耶庫羅夫的女兒我們只是幾句話帶過，不過讀者諸君想必已經猜到，她正是本篇小說的女主角。在我們下筆的時候，她芳齡十七，正是花容玉貌的年華。父親對她的愛簡直到了瘋狂的地步，但是與她相處的態度又是按自己天生的脾氣隨興之所至，有時候對女兒任何芝麻蒜皮的刁鑽要求，都會極力滿足，有時候又待之以嚴厲、甚至是殘酷的態度，極盡恐嚇之能事。他相信女兒對自己是父女情深，卻從未贏得女兒對他的信任。女兒不習慣對父親表露自己的情感與思想，因為她從來也無法確切知道，父親將會做何反應。她沒有要好的女伴，在孤獨中長大成人。鄉親的太太或女兒鮮少踏入特羅耶庫羅夫的家門，因為特羅耶庫羅夫日常的談話內容與餘興活動只適合男性客人，不宜女性在場。每當特羅耶庫羅夫宴請賓客時，我們這位大美女也很少在賓客間露面。家裡擁有龐大的藏書，供她使用，大多數是十八世紀法國作家的作品。除了一本《完美的廚娘》外，她的父親什麼書也不讀，根本無法指導她選擇書籍，於是瑪麗亞翻遍各類作品後，自然而然地對小說情有獨鍾。如此這般，她終於完成了自己的教育；而她的教育其實一度是在法國小姐米米的指導下開始的，特羅耶庫羅夫對這位法國小姐極盡信任與好感，但是最後他們的交情發展到眾所皆知的地步時，他只好不聲不響地把她送到別處莊園。法國小姐米米給人留下相當美好的回憶。她是一位善良的小姐，從來也不會濫用她對特羅耶庫羅夫顯然擁有的影響力，這與特羅耶庫羅夫不斷在更換的情婦截然不同。特羅耶庫羅夫本人對她的愛似乎更勝過對其他人；因此之故，那個黑眼珠的小男孩，一個貌似米米小姐南方人外表的八、九歲的調皮鬼，得以在他身邊受教育，而且被視為他的兒子，反觀那一大堆打赤腳的小孩，長得雖然跟特羅耶庫羅夫一樣，像是一個模子打出來的，在他窗前跑來跑去，卻被當成家僕。特羅耶庫羅夫特地寫信從莫斯科為自己的小薩沙聘請一位法國教師，這位法國教師在我們描述故事的當下正好來到波克羅夫斯克村。

這位教師外表討人喜歡，舉止大方自然，讓特羅耶庫羅夫很有好感。他向特羅耶庫羅夫出示學歷證書與特羅耶庫羅夫一位親戚的推薦信，在這位親戚那兒他當過四年的家庭教師。特羅耶庫羅夫把所有資料都細看過，只有對法國人太年輕這一點不甚滿意——雖說教師的不幸頭銜要求耐心與經驗，可他倒不認為，年輕這項可愛的缺點與此有何不相稱，而是他另有顧慮，對此他立即決定向對方說個明白。於是他吩咐把瑪麗亞叫來（特羅耶庫羅夫不會說法語，因此由女兒充當翻譯）。

「過來這兒，瑪麗亞。妳告訴這位先生，就這麼辦——說我錄用他了，但就有一事，要他可別膽大包天地追逐我的那些女孩子，否則我會讓這狗娘養的……把這翻譯給他聽，瑪麗亞。」

瑪麗亞漲紅了臉，轉身向教師，用法語說道，父親希望他謙虛待人，行為檢點。法國人向她鞠躬答道，就算他得不到別人的好感，也希望贏得理所應得的尊敬。

瑪麗亞把他的答覆逐字翻譯。

「好的，好的，」特羅耶庫羅夫說道，「對他來說，既不需要好感，也不需要尊敬。他的任務就是照顧薩沙，教他文法和地理，把這翻譯給他聽。」

瑪麗亞把父親粗魯的用語作了委婉的翻譯，於是特羅耶庫羅夫就讓法國人到廂房去，那兒為他準備了一個房間。

瑪麗亞對這位年輕的法國人並未絲毫注意，她已養成貴族的習性，對她而言，教師與僕人或者手工藝人都是同一類，而僕人或者手工藝人在她看來都算不得男人。自己給德福日先生造成如何印象，而他又是如何窘迫、如何戰慄，或者他連講話都變調，瑪麗亞一點都沒放在心上。之後連續幾天瑪麗亞不時碰到他，也沒對他稍加留意。豈知發生意想不到的事件，讓瑪麗亞對他有了一新耳目的認識。

平常在特羅耶庫羅夫的宅院裡養著幾頭小熊，牠們成為波克羅夫斯克村這位大地主的一項重要娛樂。在小熊還比較小的時候，牠們每天都會被帶進客廳，特羅耶庫羅夫在這兒跟這些小熊一折騰就是好幾個鐘頭，都會逗弄牠們跟小貓、小狗打打鬧鬧。小熊長大後，就常常被拴上鏈子，每天只能期待著人們帶牠們出去進行真正的狩獵。偶爾人們把牠們帶到老爺屋子的窗前，再把一個扎著好幾根釘子的空酒桶滾到牠們跟前；狗熊聞了聞酒桶，然後再輕輕碰觸，結果刺痛爪子，憤怒之餘更用力推動酒桶，於是刺得更痛。狗熊陷入狂怒，咆哮著往酒桶猛撲，直到人們從這可憐的畜牲身邊拿走讓牠徒然發怒的對象。有時，人們把兩頭狗熊套上馬車，不管客人願意不願意，都要客人坐進馬車，然後把他們隨便拉到哪兒算哪兒。不過，特羅耶庫羅夫那兒被視為最有趣的惡作劇是以下一樁。

他們常常會把一隻挨餓的大狗熊關進一間空屋，用繩索把牠拴在一個鐵環上，鐵環則釘入牆壁裡。繩索長度幾乎可搆得著屋裡的每個角落，只有對面的一個角落可免於遭受這頭可怕猛獸的攻擊。他們常會把特羅耶庫羅夫家中的新客帶到這間屋子的門口，冷不防地把他推進屋裡，再把門鎖上，將這不幸的受害者留在屋裡，單獨面對這頭遭幽禁的毛茸茸的野獸。可憐的客人衣襟被撕得破爛，全身被抓得血跡斑斑，很快便找到安全的角落，但有時卻被迫緊貼牆壁站立整整三個鐘頭，面對一頭狂怒的野獸僅在他兩步之外，不住咆哮，不停跳動，高高矗立，猛衝猛撞，奮力想探觸到他。這就是俄羅斯老爺高尚的餘興節目！新教師來到後幾天，特羅耶庫羅夫想到他，便決定要在狗熊的屋裡好好招待他一番：為此，一天早上，特羅耶庫羅夫把他叫來，帶他走在黑暗的走廊；突然，旁邊的門打了開來，兩個僕人一把將法國人推進屋裡，並用鑰匙把門鎖上。教師隨即豁然大悟，並看到拴著的狗熊，猛獸呼嗤呼嗤地發出鼻息聲，不住地從遠處嗅著來人，接著，猛然站立而起，朝他走了過來……法國人不慌不忙，沒有逃跑，而是等候攻擊。熊逼了上來，德福日從口袋裡掏出一把小手槍，朝著這頭餓慌的野獸的耳部開了一槍。熊霍然倒下。大家都聚攏過來，打開了門，特羅耶庫羅夫走了進來，自己的惡作劇竟落得如此結局，他大感震驚。特羅耶庫羅夫非把整個事情弄清楚不可：是誰事先通知德福日這項為他準備的惡作劇，何以他口袋裡會有手槍，而且已經上膛。他派人去叫瑪麗亞，瑪麗亞跑了過來，向法國人翻譯了父親的疑問。

「我沒聽說過狗熊的事情，」德福日答道，「不過，我身上隨時帶著手槍，因為我一旦受到欺負，按我的身分，我無法要求賠償，因此我不願忍受這種欺負。」

瑪麗亞驚訝地瞧著他，把他的話翻譯給特羅耶庫羅夫。特羅耶庫羅夫什麼話也沒回答，只吩咐把熊拉出去剝皮，然後轉身向家丁說道：「好樣的！毫不膽小懦弱，真的一點都不膽小懦弱。」從此以後他就很喜歡德福日，也不會再想要試探他了。

　　豈知這個事件對瑪麗亞造成更大的影響。她的想像力被大大挑動：她看到一頭死熊，也看到德福日泰然自若地立於死熊旁邊，與她侃侃而談。她目睹，無畏的勇氣與驕傲的尊嚴並非專屬某一特定階級。打從那刻起她對這位年輕教師產生無比敬意，這種敬意也變得越來越無微不至。他們之間也建立起了某種聯繫。瑪麗亞擁有一副好歌喉與出色的音樂天分，德福日並自告奮勇為她上課。之後，讀者諸君已不難猜出，瑪麗亞已傾心於德福日，雖然她自己還不願承認。

第 八 章

81

第 八 章

第二部

第九章

節日前夕，客人紛紛從各地趕來，有人下榻於老爺府邸的廂房，有人借住管家家裡，有人投宿神父家中，也有人落腳殷實農戶家裡。馬廄擠滿趕路而來的馬匹，院中與棚裡塞滿各式馬車。上午九時，教堂鐘聲響起，準備要作彌撒，眾人魚貫而行，往新建石砌教堂走去。這座教堂是特羅耶庫羅夫所建，每年都會裝飾著他所捐贈的物品。齊聚在這兒的祈禱者很多是有身分地位的人物，因此之故，普通農民只能站到門口臺階與院子。彌撒未能開始，大家都在等候特羅耶庫羅夫大爺。終於，他乘坐一輛由六匹馬拉的馬車到來，然後在瑪麗亞陪同下，昂然地走向自己的位置。男男女女的目光都落在瑪麗亞的身上，男士驚嘆她的美貌，女士端詳她的服飾。彌撒開始，家庭唱詩班在唱詩席唱著聖歌，特羅耶庫羅夫本人也跟著唱，並做禱告，卻不曾朝左右看一眼，當教堂輔祭以洪亮聲音提到本教堂建立者時，他既驕傲又謙卑地叩首行禮。

彌撒結束。特羅耶庫羅夫率先走向十字架。眾人跟在他身後移動，然後鄰人都走到他跟前致敬。眾女士圍繞在瑪麗亞身邊。特羅耶庫羅夫步出教堂，邀請眾人到他家共進午餐，接著便登上馬車，打道回府。大家跟隨他而去。各個房裡都擠滿客人。時時都有新到的客人，費了好大的勁才鑽到主人跟前。女士們矜持地圍成半圓而坐，她們的穿著過時、老舊，卻也昂貴，每人都佩戴珍珠與鑽石；男士們則齊聚在魚子醬與伏特加酒附近，喧喧嚷嚷，七嘴八舌，彼此交談。大廳裡正在擺設可以放八十套餐具的餐桌。僕人們忙進忙出，擺放酒瓶與水瓶，鋪放桌布。終於，管家宣佈：「酒菜上桌了。」——於是，特羅耶庫羅夫首先落座，女士們跟在他後頭，按照尊卑長幼，鄭重其事地入座，年輕小姐則擠在一塊，像是羞怯的小綿羊，選定座位都是一個挨著一個。男士坐在她們對面。餐桌尾端，教師坐在年幼的薩沙身旁。

僕人們開始上菜，上菜的先後次序按客人的身分地位而定，若搞不清身分時，則按拉瓦特[1]的人相學猜測，幾乎都是正確無誤。碗盤、湯匙的叮噹聲與賓客喧囂的交談聲夾雜成一片，特羅耶庫羅夫喜孜孜地環視酒宴盛況，不禁完全陶醉於自己慷慨好客的喜悅之中。此時，院子裡駛進一輛駕著六匹馬的馬車。「來人是誰？」主人問道。「安東．帕甫奴季依奇。」幾個聲音答道。門打了開，於是餐廳裡闖進了安東．帕甫奴季依奇．斯比岑，一個約莫五十歲的男子，身材肥胖，圓圓的臉上滿是麻子，並點綴著三層的下巴，他鞠躬作揖，滿臉笑容，並已準備要表示歉意……「把餐具端到這兒，」特羅耶庫羅夫喊道，「歡迎光臨，安東．帕甫奴季依奇，坐吧，給我們說說，怎麼回事：你既沒出席我的彌撒，吃飯又遲到。這不像你的為人，你可是信仰虔誠，又好吃的呀。」「罪過，罪過，」安東．帕甫奴季依奇一邊回答，一邊把餐巾繫到豌豆黃顏色的外衣的鈕扣洞上，「特羅耶庫羅夫老爺，我其實很早就上路了，不過還沒走上十俄里，突然輪軸竟斷裂成兩半——怎麼辦呢？還好，不遠處有個村子。勉勉強強走到那兒，到處找尋鐵匠，接著馬馬虎虎修理一下，就過了整整三個鐘頭，這也沒辦法。抄近路走基斯杰涅夫卡村的樹林，我可不敢啊，只好繞道而行……」

「嘿！」特羅耶庫羅夫插嘴說道，「你真沒膽量；有什麼好怕的？」

「還會怕什麼呢，特羅耶庫羅夫老爺，就是那個杜勃羅夫斯基呀，弄不好就落到他手裡。他這傢伙可厲害得緊，誰也不放過；尤其是我呀，就是有兩層皮，恐怕也要被剝光。」

「老弟，他幹嘛要對你這樣特別照顧？」

「還能為什麼，特羅耶庫羅夫老爺？還不是為了已故的老杜勃羅夫斯基的那場官司。我可不是為了要讓您滿意，也就是憑良心和正義，出面作證說，杜勃羅夫斯基一家握有基斯杰涅夫卡村，毫無法定權力，唯一憑藉就是您的寬宏大量。於是死者（但願他的靈魂升入天國）誓言按自己的方式找我算帳，想必，他的兒子會堅守亡父的誓言。到目前，托上帝的饒恕，他們總共才打劫我的一處穀倉，搞不好，很快就要登門造訪我的莊園啦。」

1　拉瓦特（Johann Caspar Lavater, 1741－1801），瑞士詩人暨人相學家，有生之年，寫了不少人相學（Physiognomy）著作，在當時的歐洲頗負盛名。

「要是到了你的莊園，他們可就不亦樂乎，」特羅耶庫羅夫說道，「我想，那隻紅色首飾盒一定裝得滿滿的……」

「說哪兒的話，特羅耶庫羅夫老爺。從前是滿的，可現在都空啦！」

「一派胡言，安東．帕甫奴季依奇。我們太了解你了，你錢能花到哪裡去，家裡生活過得像豬，誰也不招待，一個勁地搜刮農民，只曉得存錢。」

「您老是愛說笑，特羅耶庫羅夫老爺，」安東．帕甫奴季依奇嘟嘟囔囔地說道，臉上仍掛著笑容，「說真的，我們可是破產啦。」接著，安東．帕甫奴季依奇開始配著一塊肥滋滋的餡餅，吞嚥老爺苦澀的笑話。特羅耶庫羅夫便丟下他，轉向新任縣警察局長，局長是首次到他家作客，坐在餐桌另一端，教師的旁邊。

「怎樣，您總該把杜勃羅夫斯基逮捕到案吧，局長先生？」

警察局長心中一懍，鞠了一躬，笑了一下，吶吶說不出口，終於，還是說話了：「我們盡力而為，大人。」

「嗯，盡力而為。老早就在盡力而為，卻是一無所獲。不錯，真的，何必捉他呀。杜勃羅夫斯基四處劫掠對警察局長可是天大好事：到處出差、偵訊調查、車馬調度，於是錢財滾滾入袋。豈能將如此一個大恩人致於死地呢？不是嗎，局長先生？」
「說的是，大人。」警察局長答道，一臉狼狽。
眾賓客哄堂大笑。
「我喜歡這個傢伙，因為他夠老實，」特羅耶庫羅夫說道，「可惜了我們已故的警察局長塔拉斯．阿列克賽維奇——要是他沒燒死，本地區可就太平多了。有關杜勃羅夫斯基聽到些什麼？最近一次見到他是在什麼地方？」
「在我那兒，特羅耶庫羅夫老爺，」一位胖女士尖聲說道，「上星期二他在我家用餐……」
眾人目光都投向安娜．薩維什娜．格洛波娃，一個相當純樸的寡婦，她善良、快樂的天性很獲大家喜愛。眾人滿心好奇，準備聽她說故事。
「要知道，三個禮拜前，我差遣管家到郵局給我那瓦紐沙寄錢。我不寵兒子的，而且就是想寵，也沒這個能耐。不過，你們自己都知道，禁衛軍官必須維持門面，因此我儘可能把我那收入分一份給瓦紐沙。雖然我腦海裡不只一次浮現杜勃羅夫斯基，但又想到，城裡離這兒不遠，不過七俄里路，興許會平安無事，於是我就給他寄了兩千盧布。哪知一瞧，晚上我的管家回來了，一臉慘白，全身破爛，而且是徒步而回——我不禁一聲驚叫。『怎會如此？

你出什麼事了？』他對我說：『安娜．薩維什娜大娘啊，土匪打劫啦，我自己都差點給殺了，杜勃羅夫斯基本人在那兒，本來要把我絞死，後來看我可憐，就把我給放了，不過東西都給洗劫一空了，馬跟馬車也都給搶走啦。』我昏厥過去。我的上帝啊，我的瓦紐沙該如何是好？沒辦法，我給兒子寫了一封信，一五一十都告訴他，給他致上我的祝福，但一文錢也沒有。

「過了一星期，又一星期——突然一輛馬車駛進我們的院子。一位將軍請求要和我見面，那就歡迎光臨吧。進來看我的是一位約莫三十五歲的人，黝黑的臉，黑頭髮，留唇鬚，有鬍子，活生生像畫中的庫利涅夫。[2]他自我介紹，說是先夫依凡．安德烈維奇的朋友和同事。他表示路過此地，得知我住在這兒，便非得順路探望故友遺孀不可。我於是竭盡所能款待他，彼此東扯西聊，最後也聊到杜勃羅夫斯基。我向他述說自己的倒楣事。我這位將軍皺了皺眉頭。『這事有點蹊蹺，』他說道，『我聽說，杜勃羅夫斯基並不是什麼人都侵犯，他只對有名的財主下手，還會留一些給他們，絕不會搜刮得一乾二淨，而且從來沒人控訴他有動手殺人一事。其中恐怕有詐，請您吩咐把管家叫來。』派人去叫管家，他來了，一瞧見將軍，頓時嚇呆。『告訴我，老兄，杜勃羅夫斯基是如何打劫你的，他又如何要絞死你。』我的管家全身發顫，撲通跪倒在將軍腳下。『老爺，我有罪……我財迷心竅……我撒了謊。』『既是如此，』將軍答道，『那就請你告訴夫人事情的來龍去脈，也讓我聽聽。』管家一時沒能醒悟過來。『怎麼啦，』將軍又說道，『說說，你在哪兒碰上杜勃羅夫斯基？』『在兩棵松樹旁，老爺，在兩棵松樹旁。』『他對你說了什麼？』『他問我是誰家的人，往哪兒去，幹什麼？』『那後來呢？』『後來他叫我交出信件和錢財。』『嗯，又怎樣？』『我交給他信件和錢財。』『那他呢？……嗯——他怎麼樣？』『老爺，我有罪。』『嗯，他做了什麼？……』『他把信件和錢財交還給我，還說：你去吧，上帝保佑——到郵局把這些寄了吧。』『嗯，那你呢？』『老爺，我有罪。』『親愛的，我要跟你把帳算清楚，』將軍厲聲說道，『至於您嘛，夫人，叫人去搜搜這騙子的箱子，把他交給我，我要教訓他一頓。要知道，杜勃羅夫斯基本人是個禁衛軍軍官，他可不想欺負同袍。』我已猜到，這位大人是何許人。但跟他也沒話好說。幾個馬車夫把管家綁到車夫的座位上。錢找到了，將軍在我這兒用過餐，隨即帶著管家離去。我這位管家第二天被發現在樹林裡，綁在一棵橡樹下，全身被剝得精光，像一棵小椴樹。」

眾人聆聽安娜·薩維什娜的故事，默不作聲，尤其是年輕小姐。她們其中許多人還把杜

2 庫利涅夫（Я. П. Кульнев, 1763–1812）是俄國與瑞典戰爭（一八〇八——一八〇九）中的俄國名將，也是一八一二年俄法戰爭的英雄，當年於克里亞斯奇茨（Клястицы）近郊的戰役中陣亡。

勃羅夫斯基視作浪漫英雄，對他暗生好感，特別是瑪麗亞，她讀遍拉德克利夫夫人[3]的神祕恐怖小說，是個狂熱的幻想家。

「安娜．薩維什娜，妳認為，到妳家的是杜勃羅夫斯基本人嗎？」特羅耶庫羅夫問道，「妳大錯特錯。我不知，到妳家的是何人，只不過不會是杜勃羅夫斯基。」

「怎會不是杜勃羅夫斯基，老爺，要不是他，那還有誰會到路上攔截過客，還對他們盤查呢。」

「不知道，不過肯定不是杜勃羅夫斯基。我還記得他小時候的樣子。不知道，他是不是把頭髮染黑，當初他可是個頭髮捲曲、淡黃的小男孩。而且我大概知道，杜勃羅夫斯基比我們家的瑪麗亞大五歲，也就是說，他不是三十五歲，而是二十三歲左右。」

「說的正是，大人，」警察局長大聲說道，「我口袋裡有關於杜勃羅夫斯基特徵的資料。裡面確實寫著，二十三歲。」

「好啊！」特羅耶庫羅夫說道，「順便，你就唸唸吧，讓我們聽聽，知道他的特徵也不是件壞事，說不定哪天撞見了，不讓他逃之夭夭。」

只見警察局長從口袋掏出髒兮兮的紙張，裝腔作勢地把它打開，拉長音調像唱歌般地唸了起來。

「根據杜勃羅夫斯基以前家僕的口供歸納，他的特徵是：

「二十三歲，身材中等，面容清秀，鬍鬚剃淨，眼珠褐色，頭髮淡褐色，鼻樑挺直。如此特徵與眾不同，沒看過這樣子的。」

「就如此而已？」特羅耶庫羅夫說道。

「就如此。」警察局長答道，一邊折著紙張。

「可喜可賀呀，局長先生。好一張紙頭啊！憑這些特徵你們不難找到杜勃羅夫斯基。可誰不是中等身材，誰不是淡褐色頭髮，不是挺直鼻樑，不是褐色眼珠！我打賭，你跟杜勃羅夫斯基本人一連談了三個鐘頭，你還是猜不出上帝讓你認識的是何許人。真沒話好說了，好一個衙門裡的聰明人呀！」

警察局長溫順地把紙張塞進口袋，不發一語地吃起白菜烤鵝。與此同時，家丁已來回數趟，往每位客人杯裡斟酒。好幾瓶高加索和齊姆良斯克產的酒已經砰砰地開封，由於這些

—

3 拉德克利夫（Ann Radcliffe, 1764–1823）是最具代表性之英國歌德式小說女作家，擅長陰森、恐怖、焦慮、懸疑情節的描寫，作品充滿浪漫主義情調，代表著作有《林中豔史》（The Romance of the Forest, 1791）、《奧多芙的神祕事蹟》（The Mysteries of Udolpho, 1794）等。

酒名之為香檳而大受歡迎，一張張臉都開始變得通紅，嗓門越來越大，講話越來越語無倫次，興致卻也越來越高。

「沒了，」特羅耶庫羅夫又說道，「我們已經見不到像已故的塔拉斯．阿列克賽維奇那樣的警察局長了！這人精明能幹，從不馬虎。可惜，這樣的好漢竟被火燒死了，否則這幫劫匪一個也逃不過他的手掌心。他會把他們一網打盡，就連杜勃羅夫斯基本人也休想溜走，而且再怎麼花錢也無法開脫。塔拉斯．阿列克賽維奇對他的錢收是會收的，但可不會把人放走，這是死者的習慣。這也沒辦法，看來，我得插手此事，帶些家丁去跟匪徒周旋了。第一次我先打發二十來人，讓他們去肅清盜賊出沒的樹林；這批人可不是孬種，每個人都可單獨面對一頭大狗熊，見到劫匪是不會退縮的。」

「您的那頭大狗熊還好吧，特羅耶庫羅夫老爺？」聽到特羅耶庫羅夫那些話，安東．帕甫奴季依奇便問道，這時他想起那頭毛茸茸的老相識，還有那些惡作劇，他曾經也是惡作劇的受害者。

「米沙死了，」特羅耶庫羅夫答道，「牠光榮陣亡了，死於敵人之手。這位就是勝利者，」特羅耶庫羅夫手指著德福日，「為我這位法國人祈禱吧。他為你報了一箭之仇……容我這麼說……還記得吧？」

「哪會不記得，」安東·帕甫奴季依奇搔著腦袋說道，「記得可清楚呢。米沙就這麼死了！可惜了米沙，真可惜呀！牠多逗人啊！多聰明啊！這樣的狗熊找不到第二隻了。幹嘛這位法國先生要對牠痛下殺手呢？」

特羅耶庫羅夫開始興高采烈地述說自己手下這位法國人的英勇事蹟，因為特羅耶庫羅夫有一項讓自己歡樂的本領，無論他身邊什麼事，他都能拿出來吹噓一番。來賓聚精會神地聽他講述米沙如何陣亡的經過，不禁大感驚奇地對德福日多瞧幾眼，德福日毫無疑問地確知，談話內容涉及他的英勇事蹟，卻泰然自若地坐在位上，對自己調皮的學生做道德訓話。

宴會持續了大概三個鐘頭，終於結束。主人把餐巾放到桌上——眾人便起身，走往客廳，那兒有咖啡、紙牌等著他們，他們在餐廳裡的開懷暢飲還可在這裡持續進行。

第十章

晚上七時左右，幾位客人有意離去，哪知主人喝多了潘趣酒[1]，興致正濃，竟下令鎖上大門，並宣佈，翌日清晨之前不放任何人走出宅院。隨即，樂聲大作，往大廳的門開啟，舞會於是開始。主人與他的親信坐於角落，一杯一杯地乾杯暢飲，並欣賞著年輕人歡樂的場面。老太太們則玩起紙牌。就跟任何沒有輕騎兵旅駐紮的地方一樣，男舞伴比女士來得少，凡派得上用場的男士都被邀請上場。所有男舞伴中，以教師最為出色，他跳得比誰都多，所有年輕小姐都選擇他做為舞伴，大家也都發現，跟他跳起華爾滋最是得心應手。他多次與瑪麗亞翩翩起舞，小姐們不時對他們多看幾眼，眼神中不無嘲弄之意。終於，約莫午夜時分，主人已筋疲力盡，便停止舞會，吩咐晚餐上桌，本人則逕自睡覺去了。

特羅耶庫羅夫不在場，眾人顯得更自由自在，活潑熱鬧。男舞伴大膽地落座於女士身邊。年輕小姐笑逐顏開，與鄰座輕聲細語；太太們隔著桌子大聲交談。男士們舉杯暢飲，爭論不休，放聲大笑，——總之這頓晚餐極其歡樂，留下許多美好回憶。

只有一個人未參與眾人的歡樂。安東·帕甫奴季依奇坐於位上，滿臉愁容，一語不發，心不在焉地吃著，一副心神不寧的樣子。有關劫匪的閒聊激起他的想像。很快我們便會發現，

---

1 潘趣酒（пунш），一種酒、糖、果汁、香料混合而成的飲料。

他擔心害怕是不無道理的。

安東．帕甫奴季依奇可以請上帝作證，他那隻紅色首飾盒空空如也，他沒說謊，也沒造孽：紅色首飾盒確實空無一物，錢財一度存放在那兒，但現已轉移到一只皮囊，這只皮囊現放在他的懷中。只有如此小心翼翼，他才能放心，因為他對所有的人都不信任，也常心懷恐懼。每當不得不借宿他人家中，他都擔心會被安頓在單人的房間，因為那兒容易遭小偷光顧。他的雙眼不住地尋覓著可靠的夥伴，最後選定德福日。這人的外表顯示出一種無比的力量，還有他面對大狗熊時表現出無畏的勇氣，一想起這頭狗熊，可憐的安東．帕甫奴季依奇不禁渾身發顫；這兩項特點決定了他的選擇。於是，大家起身離席時，安東．帕甫奴季依奇便開始在這位年輕法國人身旁打轉，一下子哼哈幾聲，一下子乾咳幾下，終於他開口向法國人說明來意。

「嗯……，先生，可否讓我在您的小屋裡借住一晚，因為請看看……」

「Que désire, monsieur？」[2]德福日彬彬有禮地鞠個躬，問道。

「糟糕，先生，你還沒學會俄語。熱．韋，穆阿，舍．武．庫舍[3]，懂嗎？」

「Monsieur, très volontiers，」[4]德福日答道，「veuillez donner des ordres en conséquence。[5]」

安東．帕甫奴季依奇對自己的法文知識大為滿意，便忙不迭地打點去了。

賓客開始互道晚安，紛紛前往為自己分配的房間。安東．帕甫奴季依奇與教師則前去廂房。夜色漆黑。德福日打著燈籠照路，安東．帕甫奴季依奇精神抖擻地跟在後頭，不時會壓壓胸口裡藏匿的錢囊，看看錢財是不是還在身上。

來到廂房，教師點燃蠟燭，兩人便開始脫衣；這時，安東．帕甫奴季依奇在房裡來回走動，察看鑰匙、窗戶，視察結果讓他無法安心，只見他連連搖頭。房門只用一個門栓扣上，窗戶也不是雙層窗框。他本想對德福日抱怨這些事，但是他法語的知識有限得很，無法說明如此複雜的事——法國人會聽不懂他的意思，於是安東．帕甫奴季依奇只得把抱怨嚥進肚裡。他們的床鋪面對面擺著，兩人一躺下，教師便吹熄蠟燭。

「普爾庫阿．武．圖舍，普爾庫阿．武．圖舍？」[6]安東．帕甫奴季依奇叫喊起來，並湊合著把俄語動詞『吹熄』按法語方式做字尾變化。「我黑漆漆的沒法多爾米爾。」[7]德福日不懂他

---

2 法文，表示「有何指教？」。

3 這裡，安東．帕甫奴季依奇用濃重俄國腔的蹩腳法語說：「我想睡您那兒。」

4 法文，表示「先生，榮幸之至」。

5 法文，表示「就儘管吩咐吧」。

6 安東．帕甫奴季依奇用俄國腔的蹩腳法語說：「您幹嘛吹熄，您幹嘛吹熄？」

7 「多爾米爾」是蹩腳的法語，表示「睡覺」。

喊什麼，便跟他道聲晚安。

「該死的異族，」安東．帕甫奴季依奇嘟囔著，把自己裹在被子裡。「他何必吹熄蠟燭呢。對他更糟啊。沒有燈火我睡不著。喂，先生，先生，」他又說道，「熱．韋．阿韋克．武．帕爾列。[8]」不過，法國人沒有回話，很快便打起鼾來。

「這個法國騙子倒是呼呼大睡，」安東．帕甫奴季依奇心想，「可我卻毫無睡意。搞不好，盜賊就從開著的大門闖入，或從窗口爬進，而他這個騙子，就是幾門大砲齊發，也是叫不醒。」

「先生啊！先生！真是見鬼。」

安東．帕甫奴季依奇不再作聲——漸漸地疲累與酒意壓過他的恐懼，他開始打盹，很快便沉沉入睡。

驚醒之前他有種奇怪的感覺。睡夢中他覺得有人輕輕地拉拉他的衣領。安東．帕甫奴季依奇睜開眼睛，藉由秋天清晨模糊的月光，他看到德福日站在眼前：這個法國人一手握著小手槍，一手正在解下他寶貝的錢囊。安東．帕甫奴季依奇嚇呆了。

「克西．克．謝，先生，克西．克．謝？[9]」他聲音發顫地說道。

「安靜，不准作聲，」教師答道，說得一口純正俄語，「不准作聲，要不您就完了。我是杜勃羅夫斯基。」

---

8 彆腳法語，表示「我要跟您說話」。

9 彆腳法語，表示「怎麼回事，先生，怎麼回事？」。

第十一章

現在，欲知後事如何，得請讀者容許我們對之前已經發生、卻未及交代的若干情節，先做說明。

在某驛站，我們之前曾經提過的站長屋裡，角落坐著一位過路客，神情謙卑有禮，一副逆來順受的樣子，顯示他是個平民知識分子或是外國人，也就是在這驛道上說話沒有分量的人物。他的輕便馬車停在院子裡，等待上油。車裡放著一個手提箱，乾癟癟的，證明家境並不富裕。這位過路客既不要茶水，也不要咖啡，只是頻頻望著窗外，吹著口哨，這可讓隔壁的站長太太大感不滿。

「這下子上帝派來一個專吹口哨的，」她悄聲說道，「瞧他一個勁兒地吹，就讓他吹到脹破吧，這個該死的異族人。」

「怎麼啦？」驛站長說道，「這有啥關係，讓他吹吧。」

「有啥關係？」站長太太沒好氣地反駁，「難道你不知道這是啥兆頭嗎？」

「啥兆頭？還不是吹口哨會把錢財吹走。呵！帕霍莫芙娜，我們家要吹啥，沒啥，反正錢嘛，沒有就是沒有。」

「你還是打發他上路吧，西多雷奇。你這麼喜歡留他呀。給他馬匹，讓他滾去見鬼吧。」

「讓他等會兒，帕霍莫芙娜，馬廄裡才有三頭馬車的馬匹三組，第四組還在休息呢。說不定，有來頭的過路客隨時上門；我可不願拿自己的腦袋為這個法國人擔風險。聽，這不就是。那邊有人來了。呵，還跑得真快！不會是個將軍吧？」

一輛馬車停靠在門口臺階前。僕人從車夫座位跳了下來，打開車門，隨即一位身穿軍大衣、頭戴白色軍帽的年輕人進了屋裡，逕自朝驛站長走來。僕人跟在後頭，手提一只錦匣，進門後放在窗臺上。

「換馬。」軍官說道，一副命令式的口氣。

「這就來，」驛站長回答，「請出示驛馬使用證。」

「我沒有驛馬使用證。我到外地去……難道你認不得我是誰嗎？」

驛站長於是一陣忙亂，奔去催促車夫。年輕人開始在屋裡踱來踱去，不經意走到隔壁，便小聲問站長太太，那位路客是什麼人。

「天曉得，」站長太太回答，「一個法國人。已經五個小時啦，一直等候馬匹，老是吹著口哨。煩死啦，這該死的。」

年輕人於是用法語跟路客聊了起來。

「您往哪兒去？」年輕人問他。

「附近一個城市，」法國人答道，「再從那兒去見一位地主，他沒跟我打過照面便聘我當家庭教師。我想要今天到職，但驛站長先生似乎另有盤算。在這地方很難弄到馬匹，軍官先生。」

「那您要找的是本地哪位地主？」軍官問道。

「特羅耶庫羅夫老爺。」法國人答道。

「特羅耶庫羅夫？這位特羅耶庫羅夫是何許人呢？」

「Ma foi, mon officier...[1] 我聽說這個人風評不佳，都說他這位老爺心高氣傲，恣意妄為，對待家僕冷酷無情，誰跟他都受不了，大家一聽到他的名字都會渾身哆嗦，他對待家庭教師粗暴無禮，已有兩位教師被他活活鞭打而死。」

「這哪行啊！您還敢到這樣的怪物那兒做事。」

「這有什麼辦法呢，軍官先生。他給我提出很好的薪水，一年三千盧布，而且該有的都有。說不定我會比別人運氣好。我有年邁母親，一半的薪水要寄給她過日子，再從剩下來的錢裡，我積蓄個五年，就有一筆小資產，夠我將來獨立過活，——到那時啊，bonsoir[2]，我

1 法語，表示「說實話，軍官先生……」。
2 法語，表示「再見了」。

就到巴黎做生意去啦。」

「特羅耶庫羅夫家裡有人認識您嗎？」他問道。

「沒人，」教師答道，「他是透過一個朋友寫信把我從莫斯科聘請來的，那個人的廚師是我的同胞，把我推薦給他。該讓您知道，起先我沒打算當教師，而是準備做個糕點師傅，但是有人告訴我，在你們國家教師這個身分好賺多了。」

軍官陷入沉思。

「您聽我說，」他停止沉思並說道，「要是有人向您出價一萬盧布現金交換您未來的職務，不過您得馬上打道回巴黎，您意下如何？」

法國人滿臉錯愕，看了軍官一眼，微微一笑，搖了搖頭。

「馬匹已經備妥，」驛站長走了進來，說道。僕人也說準備好了。

「馬上就走，」軍官回答，「請你們先出去一下。」驛站長與僕人走了出去。「我不是說著玩的，」他又用法語說道，「我可以給你一萬盧布，我只要你離開此地，還要你的證件。」說著，他打開一個匣子，拿出幾疊鈔票。

法國人眼睛睜得大大的。他不知該如何是好。

「要我離開……要我證件，」他驚訝地重覆說著，「這是我的證件……不過您這是說笑吧，您要我證件做什麼？」

「這就不干您的事了。我問您，您同意不同意？」

法國人始終無法相信自己的耳朵，還是把自己的證件遞給年輕軍官，軍官很快地把證件瀏覽一遍。

「您的護照……很好。推薦信，我瞧瞧。出生證明，好極了。好，這就是您的錢，就請回吧。再會了……」

法國人站著一動也不動，像是雙腳埋入土中。

軍官轉過身來。

「我忘了最重要的事。我要您保證，這事只有我們兩個人知道，您能保證嗎？」

「我保證，」法國人回答，「但是我的證件，沒有證件我該怎麼辦才好？」

「到最近一個城市您就去報案說，您遭到杜勃羅夫斯基打劫。那兒他們會相信您的話，還會發給您必要的證明。再會了，願上帝保佑您早日回歸巴黎，也看到您母親平安無恙。」

杜勃羅夫斯基走出屋子，登上馬車，便疾馳而去。

驛站長望了望窗外，待馬車離去，便轉身向妻子高聲喊道：「帕霍莫芙娜，妳知道嗎？剛才那人就是杜勃羅夫斯基。」

站長太太急忙衝向窗戶，但為時已晚。杜勃羅夫斯基已經去遠。她便開始責罵丈夫：

「你就不怕上帝啊，西多雷奇，先前你怎麼不跟我說？哪怕讓我看一眼杜勃羅夫斯基也好，現在可好，只能等他什麼時候再冒出來。你這沒良心的，真是沒有良心！」

法國人站著一動也不動，像是雙腳埋入土中。和軍官的約定，還有這筆錢財，這一切對他宛如在夢中。但是一疊疊的鈔票就在眼前，他的口袋裡，豈不清楚說明，這段奇遇是確有其事。

他決定雇幾匹馬到城裡。車夫慢條斯理地載著他，拖拖拉拉至深夜才來到城裡。

城門哨所只是一個坍塌的小亭子，不見哨兵，法國人還沒來到這兒，就吩咐停車，他爬出馬車，用手勢告訴車夫，馬車和手提箱送給他去換酒喝。法國人如此慷慨大方，讓車夫大感驚奇，這驚奇的程度不亞於法國人自己聽到杜勃羅夫斯基的提議時的感受。不過，車夫認定這位外國人發瘋了，於是恭恭敬敬地一鞠躬，向他表示謝意。車夫並不想到城裡去，而是驅車前往一處他所熟悉的尋歡場所，那兒的老板跟他是老相識。他在那兒度過整整一宿，第二天清晨趕著空空的三匹馬打道回府，既不見馬車，也不見手提箱，只見他一副浮腫的面容與一雙充血的眼睛。

話說杜勃羅夫斯基拿到了法國人的證件，便如我們所見，大膽地面見特羅耶庫羅夫，並在他家裡住了下來。無論他居心如何（有關這事我們以後自會分曉），他的舉止並無可議之處。老實說，他對小薩沙的教育費心不多，讓他完全自由自在地調皮搗蛋，對於那些流於形式的功課也不會嚴格要求，——卻全心全意地關注自己那位女學生音樂方面的成就，常常和她在鋼琴旁一坐就是好幾個小時。大家都很喜歡這位年輕教師，特羅耶庫羅夫是因為他在狩獵時勇氣過人、身手矯捷，瑪麗亞是因為他對自己無限熱心，並且關切中帶著幾分羞怯，薩沙是因為他對自己的調皮百般寬容，家僕則是因為他一副好心腸，並且表現出與自己身分地位不相稱的慷慨大方。至於他本人似乎對整個家人充滿眷戀，而且已經把自己視為其中一份子。

自他擔任家庭教師一職起至那足堪紀念的節慶活動之間，過了個把月，沒有人懷疑過，這位溫文儒雅的法國年輕人竟然是恐怖大盜的化身，他的聲名可以讓地方上諸位財主心驚膽顫。這段期間，杜勃羅夫斯基從未踏出波克羅夫斯克村一步，但是有關他打劫的傳聞仍不曾停息，這都是鄉野居民繪聲繪影的想像所創造出來的，不過也可能是他的黨羽在頭領不在時仍然四處活動。

而現在與自己同室而眠的這個人，可算是自己的仇家，是自己身逢大難的始作俑者之一，杜勃羅夫斯基面對這誘惑實在難以自持。他既然知道有這個錢囊的存在，他便決定據為己用。我們已見到，他驀然之間從家庭教師搖身一變成為江洋大盜，如何能不讓倒楣的安東．帕甫奴季依奇不寒而慄。

上午九時，在波克羅夫斯克村過夜的賓客陸陸續續來到客廳會合，這兒一只茶炊已經沸騰，茶炊前坐著身穿晨衣的瑪麗亞，特羅耶庫羅夫則身著厚絨上衣，腳穿便鞋，並拿著一隻形似漱口杯的廣口茶杯在喝茶。最後出現的是安東．帕甫奴季依奇，他一臉慘白，垂頭喪氣，那副模樣讓眾人大吃一驚，就連特羅耶庫羅夫都要探詢他是否身體不舒服。安東．帕甫奴季依奇答話語無倫次，滿臉驚恐地望了望家庭教師，這時那教師也在這兒若無其事地端坐著。幾分鐘過後，僕人進來對安東．帕甫奴季依奇說道，馬車備妥；安東．帕甫奴季依奇急忙告辭，也不顧主人的挽留，便匆匆走出屋外，馬上搭車離去。大家都弄不懂他到底怎麼一回事，特羅耶庫羅夫則斷定，他吃壞了肚子。飲茶過後，告別之前又來頓早餐，之後，其他賓客便紛紛散去，一下子波克羅夫斯克村變得冷冷清清，一切又恢復常軌。

111

第 十 一 章

第十二章

過了幾天，也沒發生什麼值得一提的大事。波克羅夫斯克村居民的生活是一成不變的單調。特羅耶庫羅夫每天外出打獵，至於瑪麗亞只顧讀書、散步和上音樂課——特別是音樂課。她開始明白自己的心思，也承認自己面對這位年輕法國人的種種優點豈能無動於衷，為此她不禁煩惱不已。法國人那方面，並未逾越尊重與禮節的規範，這也消除她內心的驕傲、膽怯與疑慮。瑪麗亞對他越來越信任，並習慣有他的相伴，這習慣是如此迷人，讓她沉醉其中。德福日不在身旁，她就覺得百般無趣；有他在場，她就時時關注著他，什麼事都要詢問他的意見，而且總是與他意見一致。或許，她還算不上墜入愛河，但只要命運中讓她第一次碰上偶然的阻礙或突如其來的壓迫，愛情的火焰就會在她內心爆發。

有一回，瑪麗亞來到大廳，她的教師正在那兒等候她，她發現教師蒼白的臉上一副心神不寧的樣子，她不禁大感詫異。她掀開琴蓋，唱了幾首歌，但杜勃羅夫斯基推說頭痛，表示歉意，便停止上課，合起樂譜，悄悄遞給她一張紙條。瑪麗亞還來沒來得及回神，就收下紙條，但隨即又感懊悔，然而大廳已不見杜勃羅夫斯基的身影。瑪麗亞回到自己房裡，打開字條，讀到下面兩行字：

「今晚七時請到溪邊涼亭。我有話必須對妳說。」

她大感好奇。她期待著德福日的告白已久，是既充滿希望又感到害怕。她很樂意親耳證實她所猜測之事，但又覺得，按身分這個人根本無法指望哪天能跟她成婚配，要去聆聽他的告白，這對她是有失體統的事。她還是決意赴約，但有一事讓她猶豫不決：她該以什麼方式接受教師的告白，以貴族小姐的憤怒，還是知心好友的規勸？以輕鬆愉快的嘻笑，還是默然無語的認可？這時她頻頻地看著時鐘。天色漸暗，僕人端上燈燭，特羅耶庫羅夫坐定與上門的鄉親打起波士頓牌。桌上的鐘敲打著六時三刻，瑪麗亞悄悄地走到門階，四處張望一下，便往花園奔去。

夜色漆黑，烏雲蔽天——眼前兩步之外什麼也看不到，不過瑪麗亞在黑暗中走的是熟悉的小徑，一會兒便已來到涼亭邊；她在這兒停下腳步，好讓自己調整呼吸，並以若無其事、從容不迫的姿態面對德福日。但是德福日這時已站在她眼前。

「感謝妳，」德福日說道，聲音輕柔、憂鬱，「妳沒拒絕我的請求。要是妳不接受我的請求，我會滿心絕望的。」

瑪麗亞的回答是事先準備好的臺詞：

「希望您不會讓我為自己的寬容而後悔。」

他默不作聲，似乎，正在鼓足勇氣。

「迫於情勢……我必須離妳而去，」他終於說出口，「或許，妳很快就會聽說……但在臨別之前我有必要親自跟妳說明白……」

瑪麗亞一句話也沒回答。德福日的這幾句話裡，她聽到了告白的開場，這是她早就預料到的。

「我不是妳所以為的那個人，」他垂下頭，繼續說道，「我不是法國人德福日，我是杜勃羅夫斯基。」

瑪麗亞驚叫一聲。

「別害怕，看在上帝分上，妳不用害怕我的名字。不錯，我正是那個不幸的人，被妳父親剝奪了區區餬口的一塊麵包，也被趕出家傳住屋，只好在大道上攔路搶劫。不過，妳不必怕我——不管是為妳自己，或為妳父親。一切都結束了。我原諒他了。告訴妳吧，是妳救了他。本來我第一個血債血還的壯舉是要衝著他而來的。我曾在他住屋四周來回走動，琢磨著要讓大火在哪兒點燃，從哪兒進入他的臥房，如何截斷他所有逃生的出路——就在那時，妳打從我身邊走過，宛如天上仙境，我的心於是軟化下來。我明白，妳所居住的屋子是神聖不可侵犯的，任何與妳有血緣關係的人都不應受到我的詛咒。我放棄仇恨，就像放棄一個瘋狂的行動。一連幾天我徘徊在波克羅夫斯克村的花園，期待能從遠處看到妳白色的衣衫。當妳漫不經心地散步時，我會從一個灌木叢溜進另一個灌木叢，跟隨在妳身後，想到我在守護著妳，想到有我在暗中跟著的地方，妳就安全無虞，於是我便感覺無限歡喜。終於機會來了。我住進妳們家裡。這三週時間對我來說是快樂的日子。對這些日子的回憶將會是我悲傷生命中的一大樂事……今天我接到一項消息，於是我再也無法待在這兒。我和妳就在今天分手……此時此刻……不過離去之前我必須對妳開誠布公，以免妳詛咒我，蔑視我。有時不妨想想杜勃羅夫斯基吧。要知道，他的出生是另有使命，他的心曾經深愛著妳，永遠也不會……」

這時輕輕傳來一聲口哨——於是杜勃羅夫斯基住口不說了。他抓起瑪麗亞的一隻手，貼到自己火熱的雙唇。哨聲再度響起。

「抱歉，」杜勃羅夫斯基說道，「有人在叫我，稍遲一分鐘可能會讓我置身死地。」他走了開來。瑪麗亞一動不動地站著，杜勃羅夫斯基回過身來，再度握住她的手。

「要是什麼時候，」他對瑪麗亞說道，聲音溫柔、感人，「要是什麼時候妳厄運當頭，妳又無法指望任何人的協助與庇護，這種情況之下妳能否答應來找我，向我提出任何要求，讓我對妳伸出援手？妳能否答應不會拒絕我對妳的真心誠意？」

瑪麗亞默然而泣。哨聲第三次響起。

「妳會把我毀了！」杜勃羅夫斯基大聲說道。「妳要是不回答我，我就不走——妳答應不答應？」

「我答應。」美人兒細聲說道，一副楚楚可憐的樣子。

瑪麗亞從花園回來，與杜勃羅夫斯基的幽會讓她內心波濤洶湧。她覺得，大家都在跑來跑去，整個屋子忙亂成一團，門階旁停靠著一輛三頭馬車，她從遠處聽到特羅耶庫羅夫的聲音，害怕被人發現她不在家，於是她便趕忙走進屋裡。特羅耶庫羅夫在大廳裡碰見她，這時賓客正團團圍住我們所熟悉的縣警察局長，七嘴八舌地向他發問。局長身穿外出服裝，從腳到頭全副武裝，回答眾人時，神情是一副大忙人的神祕模樣。

「妳到哪兒去了，瑪麗亞？」特羅耶庫羅夫問道，「妳有見到德福日先生嗎？」瑪麗亞費了好大的勁才答說沒有。

「妳能想像嗎，」特羅耶庫羅夫又說道，「警察局長竟然來捉拿他，還口口聲聲對我說，他就是杜勃羅夫斯基本人。」

「一切特徵都吻合，大人。」局長恭恭敬敬說道。

「嘿，老弟，」特羅耶庫羅夫打斷局長說話，「你可以走人，到你知道該去的地方，就帶著你那些特徵吧！我自己沒把事情弄個水落石出，就不會把我那法國佬交給你。如何能信得過安東·帕甫奴季依奇說的話，這個人是孬種，又愛說謊。他幻想家庭教師要對他搶劫。何以當天早上這件事他對我隻字未提？」

「法國佬把他嚇壞了，大人，」局長回答，「又逼他發誓不說出去……」

「一派胡言，」特羅耶庫羅夫斷然說道，「現在我會把事情的來龍去脈弄個一清二楚。」「教師在哪兒？」他向一個進來的家僕問道。

「哪兒也找不到，老爺。」僕人答道。

「去給我搜，」特羅耶庫羅夫吼道，不禁開始起了疑心。「把你那些大吹特吹的特徵給我瞧瞧，」他對局長說道，局長忙不迭地給他遞上一頁紙張。「嗯，嗯，二十三歲……這倒吻合，不過這還不能證明什麼。教師怎麼了？」

「找不到，老爺。」再度是同樣的答覆。特羅耶庫羅夫開始惴惴不安，瑪麗亞則是一副要死不活的樣子。

「妳的臉色很蒼白，瑪麗亞，」父親對她說道，「把妳嚇壞了吧。」

「不是的，爸爸，」瑪麗亞回答，「我頭痛。」

「回房去吧，瑪麗亞，不用擔心。」瑪麗亞親吻了父親的手，趕緊回到自己屋裡，然後撲倒在床，歇斯底里地號啕大哭。女僕都跑了過來，為她寬衣，用了冷水，又用了各式各樣的香精，好不容易讓她平靜下來，安頓她躺下，於是她才昏昏沉沉入睡。

這時，大家找不到法國人。特羅耶庫羅夫在大廳裡來回踱步，一臉嚴肅地用口哨吹著《勝利的雷聲響起》。賓客相互竊竊私語，局長像是傻瓜一樣被耍，法國人就是找不著。或許，有人通風報信，讓他及時脫身。但是誰報的信？又如何報信呢？這是一團謎。

時鐘敲響十一點，但是沒人有心睡覺。最後，特羅耶庫羅夫怒氣沖沖地對局長說道：「怎麼了？看來你不會要在這兒賴到天亮吧，我家可不是客棧，如果他真是杜勃羅夫斯基，老兄，憑你的能耐你也逮他不著。你打道回府吧，以後可要機靈點。還有你們也該是回家的時候了，」他又對客人說道，「吩咐備車吧，我要睡了。」

特羅耶庫羅夫就如此毫不客氣地送走賓客！

第十三章

過了若干時日，也沒發生什麼特別的事情。然而第二年的初夏，特羅耶庫羅夫的家庭生活卻出現很多的變化。

離他莊園三十俄里處有一個富裕的領地，屬於維列依斯基公爵所有。公爵久居異國，他所有產業由一位退役少校管理，因此波克羅夫斯克村與他們的阿爾巴托沃村之間並無任何來往。然而於五月底公爵從國外回來，回到他有生以來從未見過的自己的村莊。他過慣閒散的生活，耐不住幽居鄉野的寂寥，於是在返鄉後的第三天便來到曾經相識的特羅耶庫羅夫家裡共進午餐。

公爵五十上下年紀，但樣子卻老得多。生活漫無節制讓他的健康大大受損，也在他身上留下無以抹滅的痕跡。儘管如此，他外表看起來還是很體面，風度翩翩的，由於他習慣出入上流社會，也因此培養出和藹可親的氣質，尤其在對待女士方面。他永無止境地追求娛樂與消遣，也永無止境地感覺生活無趣。特羅耶庫羅夫對他的來訪極為滿意，認為這是一個見過世面的人向他表示敬意。特羅耶庫羅夫按照慣例招待他參觀自己的各項設施，並把他帶到犬舍。但是公爵幾乎讓狗圈的味道給嗆死，於是用灑過香水的手絹掩住鼻子，趕忙走了出來。他並不喜歡舊式的花園，以及那兒經過修剪的椴樹、八角形的池塘與筆直的林蔭小道。他喜歡英格蘭式花園，喜歡所謂的大自然風貌，不過還是對特羅耶庫羅夫表示誇獎與讚嘆。僕人過來報告，飯菜已上桌。他們便吃飯去。這趟散步讓公爵感到疲憊，走起路來一拐一拐的，並對自己上門造訪感到懊悔。

不過在大廳迎接他們的是瑪麗亞，她的美貌讓這個老不修震驚不已。特羅耶庫羅夫要客人坐在她旁邊。有她在場，公爵特別來勁，心情愉快，講了好幾個引人入勝的故事，成功地吸引了她的注意。飯後，特羅耶庫羅夫提議騎馬蹓躂，但是公爵表示歉意，一邊指著自己的絲絨軟靴，一邊笑稱自己有痛風的毛病；為了不離開身邊迷人的姑娘，他說倒不如搭乘敞篷馬車去兜風。馬車套好，兩個老人和一位美少女，三人一起登上車，便出發了。談天說地一路不停。瑪麗亞聽著這位世俗男子討人歡心的阿諛讚美之辭，滿心愉快，忽然維列依斯基轉頭向特羅耶庫羅夫問道，這棟燒毀的房子是怎麼一回事，房子是不是屬他所有？……特羅耶庫羅夫眉頭緊蹙，火燒的莊園在他心裡勾起了種種回憶，讓他大感不快。他答說，這塊土地現在歸他，而以前屬於杜勃羅夫斯基。

「屬於杜勃羅夫斯基，」維列依斯基重覆說道，「怎麼，就是那個鼎鼎大名的強盜？」

「他的父親，」特羅耶庫羅夫回答，「這位父親也是個大強盜。」

「我們這位里納爾多[1]究竟身在何處？他是活著，還是落網了？」

「他還逍遙法外呢，只要警察局長還跟盜賊鬼混在一起，他就無法被逮捕歸案；順便一提，公爵，杜勃羅夫斯基光顧過你的阿爾巴托沃村嗎？」

「沒錯，去年他好像把什麼燒毀或洗劫一空……要是能和這位浪漫英雄好好結識一番，想是挺讓人好奇的，瑪麗亞，您說是嗎？」

「有什麼好讓人好奇的！」特羅耶庫羅夫說道，「瑪麗亞認識他，他整整給瑪麗亞上了三週的音樂課，感謝上帝，上課費用他分文未取呢。」這時特羅耶庫羅夫就開始說起他這位法國教師的故事。瑪麗亞如坐針氈，維列依斯基則聚精會神地聽完故事，覺得這一切充滿蹊蹺，便改變話題。兜風回來之後，他吩咐備妥馬車，即使特羅耶庫羅夫極力挽留他過夜，他還是在喝完茶之後馬上離去。不過離去之前他邀請特羅耶庫羅夫帶著瑪麗亞到他家作客——自視甚高的特羅耶庫羅夫居然一口答應，因為他看重對方公爵的身分、兩顆星星的官階，以及三千農奴的家業，認為維列依斯基公爵的地位在某種程度上與他旗鼓相當。

1　里納爾多（Rinaldo Rinaldini）是德國作家烏爾庇烏斯（Christian August Vulpius, 1762–1827）的小說《里納爾多．里納爾地尼：盜匪首領》（The History of Rinaldo Rinaldini: Captain of Banditti, 1824）中的主角。

維列依斯基公爵來訪的兩天過後，特羅耶庫羅夫便帶著女兒到他家作客。走近阿爾巴托沃村，見到一間間農舍清爽乾淨、開朗明亮，主人宅邸石砌而成，按英格蘭城堡風味建造，他不由得大為讚賞。宅邸前面延伸一片綠意盎然的草地，放牧著一頭頭瑞士乳牛，牛頸上鈴鐺叮噹響著。宅院四周環繞著開闊的花園。主人在門口臺階迎接客人，並向美少女伸手過去。他們走進富麗堂皇的大廳，那兒桌上擺設著三套餐具。公爵帶領客人走到窗前，於是他們眼前展現一片美景。窗前流過伏爾加河，河上走著滿載貨物、風帆緊鼓的駁船，另外隱約可見點點漁船，這種漁船被稱作「要命鬼」[2]是再貼切不過了。河的對岸是連綿的山岡和原野，幾座村落點綴，讓附近一帶顯得充滿生氣。然後他們又細細觀賞畫廊，這兒都是公爵購自各國的繪畫。公爵向瑪麗亞解說形形色色的繪畫內容，以及畫家生平，並指出畫中各項優缺點。他對畫作品頭論足，他的語言並非是老學究型行家的那種陳腔濫調，而是洋溢著感情，富於想像。他娓娓道來，瑪麗亞聽得心曠神怡。接著大家走到餐桌就座。對於自己這位安菲特律翁[3]的美酒與他廚師的手藝，特羅耶庫羅夫給予十分公道的肯定；瑪麗亞與這人有生以來才見過兩次面，但與他對話過程竟不覺有絲毫的侷促或扭捏。午飯過後，主人建議客人到花園走走。他們在一個大湖岸邊的涼亭中喝著咖啡，湖中佈滿小島。忽然，管樂齊鳴，接著，一艘搖著三對槳的船停靠到涼亭邊。於是他們乘舟遊湖，沿著各島而行，他們參觀了其中幾座島嶼。一座島上有個大理石雕像，另一座島上有個僻靜的洞穴，又一座島上有個紀念碑，上面刻著一段神祕題辭，在瑪麗亞心中激發了特屬少女的好奇，由於公爵僅是客客氣氣地含糊其詞帶過，瑪麗亞這份好奇並未充分滿足。時間不知不覺地流逝，天色漸暗。公爵藉口天涼露重匆匆返家，這時茶炊已經等候著他們。公爵請瑪麗亞在他這個老單身漢家裡不妨當家作主，自己動手。她給大家沏了茶，聆聽著這位親切的演說家滔滔不絕地說東道西。突然，傳來炮響，一片煙火照亮天空。公爵遞給瑪麗亞一條披肩，並招呼她與特羅耶庫羅夫到陽臺去。屋子前面，暗夜之中迸發出七彩繽紛的火焰，旋轉飛舞，升向高空，像花穗，像棕櫚，又像噴泉，然後紛紛落下，像雨滴，又像星星，火花滅去，再重新迸發出火焰。瑪麗亞心花怒放，像個孩子。看到瑪麗亞驚聲讚嘆，維列依斯基公爵滿心歡喜，而特羅耶庫羅夫對公爵也是大為滿意，因為他認為公爵的 tous les frais[4] 是為了向他表示敬意，並有意討他的歡心。

—

2 「要命鬼」（душегубка）為表面字義，其實表示「狹長而不平穩的小船」。

3 安菲特律翁（Amphytrion）是古希臘一位具傳奇色彩的國王，以親切、好客著稱，如今他的名字已成普通名詞，表示「慷慨好客的人」。

4 法文，表示「這一切的努力」。

晚餐之精緻絲毫不遜於午餐。客人各自進到為他們備妥的房間，第二天清晨他們便道別這位殷勤的主人，並互相承諾很快將再會面。

第　十　三　章

第　十　三　章

第十四章

瑪麗亞在房間裡，落座敞開的窗前，在繡花架上做著刺繡。她沒像康拉德[1]的情人一樣，搞混了絲線，康拉德的情人因為陷入熱戀而心不在焉，繡出一朵玫瑰，用的竟然是綠色的絲線。瑪麗亞的繡花針下，底布準確無誤地重現原稿的圖樣，儘管她的心思並未留意手頭上的針線活，而是飛到遙遠的地方。

忽然從窗外悄悄地伸進一隻手，在繡花架上放了一封信，瑪麗亞還來不及醒悟過來，這人便消失無蹤。這當兒僕人走了進來，叫她去見特羅耶庫羅夫。她內心一陣顫動，把信藏到三角圍巾裡，便忙不迭地往父親書房走去。

那兒不是特羅耶庫羅夫一個人。維列依斯基公爵坐在他身邊。瑪麗亞一出現，公爵站了起來，默不作聲地向她鞠躬致意，一副侷促不安的樣子，這對他是很不尋常的。

「過來這兒，瑪麗亞，」特羅耶庫羅夫說道，「告訴妳一個消息，希望它能讓妳歡喜。這是妳的未婚夫，公爵來向妳提親啦。」

瑪麗亞赫然愣住，臉上一片死般的蒼白。她不發一語。公爵走到她跟前，握住她一隻手，一臉深受感動的表情，問道：她是否願意給他幸福。瑪麗亞默不作聲。

——

1　康拉德是波蘭著名愛國詩人密茨凱維茲（Adam Mickiewicz, 1798–1855）的史詩《康拉德．華倫羅德》（Konrad Wallenrod, 1828）中的男主角。普希金本人很欣賞密茨凱維茲的作品。

「願意，她當然願意，」特羅耶庫羅夫說道，「不過你知道，公爵，這句話女孩兒家是很難啟齒的。嗯，孩子們，你們就親一下吧，祝你們幸福快樂。」

瑪麗亞站著，紋絲不動，老公爵親吻了一下她的手，突然淚水順著她蒼白的臉頰涔涔滑下。公爵微微皺起眉頭。

「去，去，去，」特羅耶庫羅夫說道，「擦乾眼淚，然後高高興興回來見我們。她們女兒家訂婚時都會落淚的，」他轉向維列依斯基又說道，「這在她們已經成為規矩了……現在嘛，公爵，我們談談正事，也就是嫁妝的事吧。」

這是瑪麗亞求之不得的，她於是利用父親允許之便趕快離開現場。她跑進房裡，鎖上大門，一邊讓眼淚痛痛快快地宣洩而出，一邊想像自己成為老公爵妻子的情景。公爵突然讓她覺得又可惡又可恨……婚姻既像斷頭臺，又像墳墓，讓她驚嚇不已……「不，不，」她連聲說道，心中充滿絕望，「寧願去死，寧願進修道院，寧願投奔杜勃羅夫斯基。」這下子她想到那封信，預感那信是來自杜勃羅夫斯基，於是忙不迭地取信閱讀。信的確是他寫的，卻只有以下幾個字：

「晚上十點。老地方。」

131

第 十 四 章

131

第 十 四 章

第十五章

皓月當空，七月的夜晚一片寧靜，偶爾清風徐來，整片花園便輕輕地傳來沙沙聲。像一個輕盈的影子，美少女走近預定的約會地點。還不見任何人的蹤影，突然杜勃羅夫斯基便從涼亭後面出現在她眼前。

「一切我都知道了，」他對瑪麗亞說道，聲音輕柔、哀傷，「請記住妳的誓言。」

「你要保護我，」瑪麗亞回答，「可是你不要生氣，你的保護又讓我害怕。你要如何幫助我呢？」

「我可以讓妳擺脫那個可惡的人。」

「看在上帝分上，不要去動他，別想去動他，要是你愛我的話——我可不想成為可怕事件的罪魁禍首……」

「我不會動他的，妳的心意對我是神聖的。他托妳的福才保住老命。我不會假借妳的名義幹下任何壞事。妳必定是純潔無暇的，即使我有任何罪過的時候。可是我要如何從鐵石心腸的父親手中把妳拯救呢？」

「還有希望。我希望我的淚水和絕望能打動他。他人雖固執，卻很愛我的。」

「別空想啦，這些淚水在他看來都是司空見慣的恐懼與排斥，當女孩兒家出嫁不是出於熱情，而是出於精打細算的利害關係，反應都是如此。如果他固持己見，違反妳的心願而擅自決定妳的幸福，如果他要強行把妳送入洞房，把妳的命運交入老丈夫之手，妳又當如何？……」

「那，那就沒辦法了，你就來找我吧，我做你的妻子。」

杜勃羅夫斯基內心為之顫動，蒼白的臉上浮現深深一層紅暈，但旋即又變得比先前更蒼白。他低下頭，久久不發一語。

「妳就鼓足勇氣，懇求父親吧，投到他的腳下，向他說明，與這樣年邁體衰、荒淫好色的老頭子相伴，妳的未來將會是一片淒慘，妳的青春將會枯萎凋零；妳就狠下心跟他好好說明白：告訴他，要是他還是如此鐵石心腸，那……那妳只好訴諸可怕的手段，以求自保……告訴他，財富不能帶給妳片刻的幸福；奢華安慰的是貧窮，而且還常常讓人無法適應，因此這種安慰也只是一時半刻而已。不要向他退讓，不要害怕他的怒火、他的威嚇，只要還有希望的影子，哪怕是一絲絲，看在上帝分上，切莫退讓。到時要是已經沒有別的辦法……」

這時杜勃羅夫斯基雙手掩面，他似乎一時喘不過氣——瑪麗亞則哭泣著……

「可悲呀，我的命運真可悲呀，」他痛苦地嘆息，說道，「我願為妳奉獻生命，只要能從遠處看看妳，能摸一下妳的手，都可讓我陶醉不已。可是當有機會把妳貼緊我熱血澎湃的心口，並且訴說：我的天使呀，讓我們同生共死吧！可憐的我卻必須逃避這幸福，我必須費盡全力把它推得遠遠的……我沒有勇氣拜倒在妳腳下，為這項我不配得到的莫名恩賜感謝上天。喔，我該多麼痛恨那人才是……可卻感覺，我的內心現在沒有仇恨的空間了。」

他輕輕地擁抱瑪麗亞苗條的身軀，輕輕地讓她貼近自己心口。瑪麗亞充滿信任地將頭倚靠在這位年輕強盜的肩膀。兩人都默默無語。

時間飛逝。「該是回家的時候了。」瑪麗亞終於說話。杜勃羅夫斯基宛從夢中乍醒。他抓住瑪麗亞的手，把一枚戒指戴到她手指上。

「要是妳下定決心投奔於我，」他說，「那就拿戒指到這兒來，把它放進這棵橡樹的樹洞，我會知道該怎麼辦。」

杜勃羅夫斯基親吻了她的手，便消失在林木之間。

第十六章

維列依斯基公爵登門提親的事在鄉鄰之間已不是祕密。特羅耶庫羅夫接受各方的道賀，婚禮已在籌備當中。瑪麗亞日復一日地拖延，未能做決定性的表態。與此同時，她對待老未婚夫是一副冷淡、勉強的態度。公爵對此卻不以為意。他對愛情一點都不操心，對於瑪麗亞的默許，他已心滿意足。

然而，時間不斷流逝。瑪麗亞終於下定決心採取行動，於是動筆寫信給維列依斯基公爵。她力圖激發公爵內心寬宏大量的感情，因此坦率承認，自己對他並無一絲絲眷戀，又懇求公爵對她放手，並懇求公爵本人捍衛她免受父親淫威之苦。她偷偷地把信親手交給維列依斯基公爵，公爵私底下讀完了信，對意中人的坦率絲毫不為所動。相反地，他覺得必須更緊鑼密鼓地籌劃婚事，為此還認為有必要把這封信讓未來的丈人過目。

特羅耶庫羅夫暴跳如雷。公爵好說歹說才勸服他，有關這封信一事對瑪麗亞不露聲色。特羅耶庫羅夫同意對瑪麗亞不提此事，但決心不浪費時間，將婚期另定一個日子。公爵認為這是明智之舉，便前去探望未婚妻，告訴她，那封信讓他好不難過，不過他卻希望，有朝一日能贏得她的感情，又說，一想到要失去她，便心頭沉重，因此他無法同意這項死刑般的判決。說話完畢，他彬彬有禮地親吻瑪麗亞的手，便乘車離去，對特羅耶庫羅夫的決定卻隻字未提。

豈知公爵才剛離開庭院，父親便進門來，直接了當地要她在明天把一切準備妥當。瑪麗亞為維列依斯基公爵的告白已是心焦難安了，這時更是淚流滿面，撲倒在父親腳下。

「親愛的父親啊，」她大聲說道，聲音哀怨，「親愛的父親啊，不要把我毀了，我不愛公爵呀，我不要做他的妻子……」

「這是什麼意思，」特羅耶庫羅夫聲色俱厲地說道，「在此之前妳都默然同意，哪知現在一切都已就緒，妳才心血來潮，要起性子，拒絕婚事。別胡鬧了，妳這玩不過我的。」

「不要把我毀了，」可憐的瑪麗亞再度說道，「您為何把我趕離您身邊，把我託付給我不愛的人，難不成您對我已感厭煩，我要留在您身邊，一如往日。親愛的父親啊，沒有了我，您會難過的，當您想到我過得不幸福時，您會更難過，親愛的父親啊，別逼我，我不要嫁人……」

特羅耶庫羅夫不禁為之動容，不過還是掩飾自己的窘態，推開女兒，厲聲說道：「這都是胡說，聽到沒。我比妳明白，什麼可以讓妳幸福。淚水幫不了妳，後天就是妳的婚期。」

「後天！」瑪麗亞驚呼，「我的上帝！不，不，不可能，這不行。親愛的父親啊，要是您決意把我毀了，那我會尋求他人庇護，那人您是想也想不到的，到時您會看到，也會心驚，您把我逼到什麼樣的田地。」

「什麼?什麼?」特羅耶庫羅夫說道,「恐嚇我!竟然恐嚇起我來,好放肆的女孩!妳可知道,我要如何整治妳,讓妳想也想不到。妳膽敢用庇護人來恐嚇我。我們倒要瞧瞧,這個庇護人是何許人。」

「弗拉基米爾.杜勃羅夫斯基。」瑪麗亞滿心絕望地說道。

特羅耶庫羅夫以為她瘋了,一臉驚訝地望著她。

「那好吧,」特羅耶庫羅夫沉默半晌之後,對她說道,「妳要等誰來救妳,就等誰吧,現在妳給我待在這房裡,婚禮之前妳別走出這房間。」說完這話,特羅耶庫羅夫走了出去,並鎖上房門。

想到往後等待著她的種種情景,可憐的女兒家不禁哭泣了許久,不過如此狂風暴雨的告白也讓她的內心大感輕鬆,於是她能較為平靜地思索自己的命運,以及自己該怎麼辦。現在對她最要緊的是:如何擺脫這可惡的婚期;比起父親為她安排的命運,做個江洋大盜的壓寨夫人在她看來簡直是天堂。她看了看杜勃羅夫斯基留給她的那枚戒指。瑪麗亞熱烈期望能與他單獨會面,在這決定性一刻來臨之前與他再次促膝長談。她有預感,今夜她能在花園涼亭邊找到杜勃羅夫斯基。於是瑪麗亞拿定主意，一到天黑，就去那兒等他。天色暗了下來。瑪麗亞準備動身，但是大門被鑰匙鎖上。女僕從門外對她答說，特羅耶庫羅夫老爺沒准放她出去。她被囚禁了。她深感屈辱，坐到窗前，和衣坐著直到深夜，動也不動地凝視黑暗的天空。黎明時分她開始打盹，但是睡得並不深沉，一個個憂傷的夢魘攪動得她驚恐不安，接著旭日東升，陽光把她從睡夢中喚醒。

第 十 六 章

第 十 六 章

第十七章

她一睡醒來，出現在腦海的第一個念頭便是當前恐怖的處境。她按了按鈴，女僕進了屋來，回她的問話時說道，特羅耶庫羅夫老爺昨晚去了一趟阿爾巴托沃村，很晚才回來，並嚴格命令，不准放她出房間，要對她好好看管，不讓任何人跟她說話，不過，卻看不出對婚禮有什麼特別的準備，就只是吩咐神父不得以任何藉口離開村子而已。女僕把話說完，便丟下瑪麗亞在房裡，再度把門鎖上。

女僕的話可讓這位年輕的女囚鐵了心——她腦海裡波濤洶湧，熱血沸騰，決意把這一切通知杜勃羅夫斯基，於是開始尋思有什麼方法可以把戒指投入約定的那棵橡樹的樹洞裡去。這當兒一顆小石子打中她的窗戶，叮噹一聲——於是瑪麗亞往院子看去，見到小小薩沙正對著她作暗號。她知道薩沙對她感情深厚，薩沙的出現不禁讓她心頭一喜。她打開了窗戶。

「你好，薩沙，」她說，「你叫我做什麼？」

「姊姊，我是來看看，妳需不需要什麼的？老爸正在氣頭上，不許家裡任何人聽從妳的話，但妳有什麼事，儘管吩咐我，什麼事我都幫妳。」

「謝了，我親愛的小薩沙，聽好，你知道涼亭邊那棵有個樹洞的老橡樹嗎？」

「知道，姊姊。」

「這樣，要是你愛我的話，趕快跑到那兒，把這枚戒指放進樹洞裡，還要留神，可別讓任何人看到。」

說著她把戒指丟給薩沙，便把窗戶關上。

小男孩撿起戒指，全力飛奔而去——三分鐘的時間便來到那棵祕密的樹邊。這時他停了下來，氣喘吁吁，往四周張望一下，便把戒指放入樹洞。大功告成，他正要即時向瑪麗亞通報此事，突然間一個紅棕頭髮的斜眼男孩，穿得一身破爛，從涼亭後一閃而出，衝到橡樹，一手伸進樹洞。薩沙比松鼠還快，朝他猛撲過去，兩手一把抓住他。

「你在這做什麼？」他厲聲說道。

「關你啥事？」那男孩答道，努力想從他手中掙脫。

「留下戒指，你這紅毛兔崽子[1]，」薩沙大聲喝道，「否則我要好好教訓你一頓。」

未聽到那男孩答話，只見他一拳就打在薩沙臉上，可是薩沙沒放開他，並扯開嗓門大聲叫道：「有賊呀，有賊——來人呀，來人呀……」

那男孩用勁想掙脫薩沙。看起來，他比薩沙大上兩歲，因此力氣大得多，但薩沙身手比較靈活。他們扭打了幾分鐘，最後，紅髮男孩占了上風。他把薩沙摔倒在地，並掐住他的脖子。

可這時忽見一隻強而有力的手揪住男孩直豎的紅棕頭髮，園丁斯捷潘一把將他提起，離地有半俄尺[2]……

「哎呀，你這紅毛小鬼，」園丁說道，「你竟膽敢毆打小少爺……」

薩沙趁這時一躍而起，整了整衣服。

「你抓我的胳肢窩，」他說道，「否則你怎麼也甭想把我摔倒。現在交出戒指，然後給我滾。」

「哪能不交呢，」紅髮男孩答道，突然他原地轉身，直豎的頭髮掙脫斯捷潘的手掌。這時他拔腿想跑，卻見薩沙趕了過來，往他背上推了一把，那男孩便摔了一大跤。園丁再度抓住他，用腰帶把他捆綁起來。

「交出戒指。」薩沙喝道。

「等等，少爺，」斯捷潘說道，「我們把他送交管家那兒審問。」

園丁把俘虜帶去主人家的宅院，薩沙跟在旁邊，一臉惴惴不安，不住往自己的燈籠褲瞧

—

1 薩沙稱這位斜眼男孩為「заяц」（兔子，本文譯為「兔崽子」），因為俄語「斜眼的」（косой）於俗語中又可表示「兔子」之意。

2 俄尺（аршин），俄國舊制長度單位，等於公制〇．七一公尺。

了又瞧，褲子已經破爛，並被綠色葉汁弄得一團髒。他們三人發現，特羅耶庫羅夫赫然出現在眼前，原來這時他正要去視察馬廄。

「這是怎麼回事？」他問斯捷潘。

斯捷潘三言兩語地描述了事情的經過。特羅耶庫羅夫把他的話聽得很仔細。

「你這混小子，」他轉向薩沙說道，「幹嘛跟他打架？」

「他從樹洞裡偷了戒指，老爸，您下令他交出戒指。」

「什麼戒指，什麼樹洞？」

「是瑪麗亞給我的……是的，就是一枚戒指……」

薩沙發窘，說得夾雜不清。特羅耶庫羅夫皺了皺眉，搖頭說道：

「這事竟牽扯到瑪麗亞。你一五一十給我老實說，要不我就用樹條抽打你一頓，打得你認不得自己爹娘。」

「真的，老爸，我啊，老爸……瑪麗亞什麼都沒要我幹，老爸。」

「斯捷潘，去給我剪一根上好的、新鮮的白樺樹條……」

「等等，老爸，我跟您全都招了。今天我跑在院子裡。瑪麗亞姊姊打開窗子，我便跑了過去，姊姊無意間掉落一個戒指，於是我就把它藏到樹洞，而……而……這紅髮男孩卻想偷戒指……」

「無意間掉落，而你卻要把它藏起來……斯捷潘，去拿樹條。」

「老爸，等等，我全招了。瑪麗亞姊姊吩咐我跑到橡樹那兒，把戒指放進樹洞，我就跑去放了戒指，哪知這個臭小子……」

特羅耶庫羅夫轉身面對這位面貌醜陋的男孩，疾言厲色地問道：「你是誰家的？」

「咱是杜勃羅夫斯基老爺家裡的僕人。」紅髮男孩回答。

特羅耶庫羅夫臉色一沉。

「看來，你不認我這個老爺，好吧，」他答道。「那你在我家花園裡做什麼？」

「偷馬林果。」男孩回答，一臉漠然。

「好啊，奴僕與主子一個樣，有什麼樣的牧師，就有什麼樣的教區[3]，難道馬林果會長在我家的橡樹上？」

男孩默不作聲。

3 「有什麼樣的牧師，就有什麼樣的教區」（каков поп, таков и приход），俄國諺語，表示「有什麼樣的主子，就有什麼樣的下人」。

「老爸，要他把戒指交出來。」薩沙說道。

「你閉嘴，薩沙，」特羅耶庫羅夫答道，「別忘了，我還準備跟你算帳呢。回自己房裡去。嘿，你這斜眼的，我覺得你是個鬼靈精。交出戒指，回家去吧。」

男孩鬆開拳頭，表示手裡什麼也沒有。

「要是你對我從實招供，我就不會鞭打你，還會給你五戈比買核桃吃。要不我會讓你嘗嘗你想都想不到的滋味。哼！」

男孩不發一語，低頭而立，裝成一副十足傻子的模樣。

「好吧，」特羅耶庫羅夫說道，「把他關到什麼地方好好看管，不要讓他逃跑，否則我要讓家裡每個人都脫層皮。」

斯捷潘把他帶到鴿舍，關到裡面，並派養鴿的老婆子阿佳菲亞好好看管。

「現在到城裡去叫來警察局長，」特羅耶庫羅夫目送男孩被帶走後，說道，「還要越快越好」。

「這下子毫無疑問了。她跟那該死的杜勃羅夫斯基保持聯繫。莫非瑪麗亞真的向他求救？」特羅耶庫羅夫想著，在房裡來回踱步，並忿忿地吹著口哨《勝利的雷聲響起》。「看來，我終於找到他的最新線索，他休想逃過我們的手掌心。我們要好好掌握這次機會。聽，鈴響了，感謝上帝，這是警察局長到了。」

「來人呀，把逮到的那男孩帶上來。」

這時，一輛馬車駛進院子，我們都已熟悉的警察局長，一副風塵僕僕的，走進屋來。

「好消息哪，」特羅耶庫羅夫對他說道，「我逮到了杜勃羅夫斯基啦。」

「那太感謝上帝，大人，」局長說道，一臉喜色，「那他人呢？」

「不是杜勃羅夫斯基本人，而是他的一個手下。他可以幫助我們逮到匪首本人。瞧，人這就帶來了。」

局長原本期待的是滿臉殺氣的強盜，豈知見到的是一個外表瘦弱的十三歲男孩，不禁大感詫異。他大惑不解地看向特羅耶庫羅夫，等待解釋。特羅耶庫羅夫於是說起今晨發生的事，不過卻未提及瑪麗亞。

局長仔細地聽著特羅耶庫羅夫的敘述，不住地瞧了瞧這位小壞蛋，這時只見他做出一副呆傻的樣子，對周遭一切毫不在意。

「大人，請容許我跟您單獨談談。」局長最後說道。

特羅耶庫羅夫帶他到另一個房間，並隨手把門關上。

半小時之後，他們再度回到大廳，小囚犯正在這兒等候對他命運的判決。

「老爺原想將你送到城裡的大牢，」局長對他說道，「把你用鞭子抽打一頓，再把你流放遠方，可我卻為你挺身而出，求他寬恕你。把他鬆綁！」

有人為男孩解開繩索。

「跟老爺道謝去吧，」局長說道。男孩走到特羅耶庫羅夫跟前，親吻了他的手。

「回家去吧，」特羅耶庫羅夫對他說道，「以後可別往樹洞裡偷馬林果了。」

男孩走出門來，高高興興地跳下門階，頭也不回地拔腿狂奔，越過原野，往基斯杰涅夫卡村而去。跑抵村子，他在村邊第一間半塌的木屋前停下腳步，敲了敲窗戶。窗戶掀了開，現出一位老婆婆。

「奶奶，給點麵包，」男孩說道，「咱從早都沒吃點東西，要餓死啦。」

「呵，是你呀，米佳，你上哪兒去啦，小鬼頭？」老婆婆答道。

「等會兒再說，奶奶，看在上帝分上，來點麵包吧。」

「那進屋來吧。」

「沒時間啦，奶奶，咱還得跑一趟別的地方。麵包，看在基督分上，來點麵包吧。」

「真是坐不住的傢伙，」老婆婆嘟囔著，「喂，這塊拿去吧。」說著從窗子遞出一塊黑麵包。男孩貪婪地咬了一口，嘴裡嚼了嚼，瞬間便飛奔而去。

天色開始變暗。米佳走過幾處烘穀房與菜園子，來到基斯杰涅夫卡村的樹林。有兩棵松樹矗立著，就像林子前沿的衛兵，米佳在這兒停下腳步，先四下張望，再吹起口哨，哨聲尖銳、斷續，他便側耳傾聽；傳來輕柔、持續的哨聲，與他應和，於是從樹林裡走出一個人，朝他走了過來。

第十八章

特羅耶庫羅夫在大廳裡踱來踱去，用口哨吹著歌曲，聲音比往常還響。整個屋子都在天搖地動，僕人奔進奔出，婢女忙裡忙外，棚裡車夫套著馬車，院裡人群聚集。小姐梳妝室的鏡子前，喜娘四周圍繞著幾位女僕，正在為瑪麗亞上妝，卻見瑪麗亞一臉蒼白，紋絲不動。在幾顆鑽石的重壓下，她無精打采地低垂著頭，即使喜娘不小心用手把她刺痛，她身子也只是微微顫動，但卻一聲不吭，木然地望著鏡子。

「快好了嗎？」從門口傳來特羅耶庫羅夫的聲音。

「再一下子，」喜娘答道，「瑪麗亞小姐，請站起來，照照鏡子，這樣好嗎？」

瑪麗亞站了起來，話也不答。門打了開來。

「新娘準備妥當，」喜娘對特羅耶庫羅夫說道，「吩咐上車啦。」

「上帝保佑，」特羅耶庫羅夫答道，從桌上捧起聖像，「過來我這兒，瑪麗亞，」他一副心有所感地對瑪麗亞說道，「祝福妳……」可憐的瑪麗亞倒落在他腳下，放聲大哭。

「父親呀……父親……」她滿含淚水地說著，聲音卻哽咽。特羅耶庫羅夫趕忙對她說話祝福，她被扶起身來，幾乎是被架上馬車。跟她坐進馬車的是代理母親的女證婚人，以及一位侍女。他們往教堂而去。新郎已在那兒等候他們。他出來迎接新娘，見到她面色蒼白、神情古怪，不禁大吃一驚。他們一起步入冷森森、空蕩蕩的教堂，大門隨即鎖上。神父走出祭壇，立即主持婚禮。瑪麗亞目無所視，耳無所聽，一心想的只有一件事。她從一大早就在等待杜勃羅夫斯基的出現，沒有一刻放棄這希望。然而當神父按慣例向她提問時，她渾身為之一震，不知所措，但她還是拖延不答，還是滿心期待。哪知神父未等她回答，便逕自說出無以挽回的宣告。

儀式完成。她感到，面目可憎的丈夫冷冷地親吻在她臉上，她聽到，在場人們歡欣地祝福，她還無法相信，她的生命就此套上枷鎖，杜勃羅夫斯基竟然沒有奔來拯救她。公爵殷勤地跟她說話，她卻都沒聽懂，他們步出教堂，門階上擠著一堆來自波克羅夫斯克村的農民。她的目光迅速在眾人身上掃視而過，再度回復先前的無感狀態。新婚夫妻一起坐上馬車，直奔阿爾巴托沃村；特羅耶庫羅夫則已早一步前往那兒，在那兒等著新婚夫婦。這時公爵與年輕妻子獨處，並未因妻子冷若冰霜，而有絲毫不自在。他並未對瑪麗亞大肆糾纏，既沒有甜言蜜語的告白，也沒有滑稽可笑的欣喜，只是三言兩語地說幾句，並不需要回答。如此這般他們跑過約莫十俄里路，馬匹雖奔馳在坎坷不平的鄉間土道，馬車裝配英國彈簧，奔跑之際幾乎不覺顛簸。驀然傳來有人追趕馬車的吆喝聲，馬車停了下來，一群人身帶傢伙，把馬車團團圍住，只見一個半蒙面的人從年輕公爵夫人座位那邊，把車門打了開，說道：「妳自由了，出來吧！」「這是什麼意思？」公爵大叫，「你是什麼人？……」「這是杜勃羅夫斯基。」公爵夫人說道。公爵不動聲色，從側邊口袋掏出護身手槍，便往蒙面強盜開了一槍。公爵夫人大叫一聲，驚恐地雙手掩面。杜勃羅夫斯基肩膀中槍，血流而出。公爵間不容髮地掏出另一把手槍，不過還沒來得及開槍，車門便打了開，幾雙強而有力的手把他拖出馬車，奪走他的手槍。他的頭上閃動著幾把刀。「別動他！」杜勃羅夫斯基喝道，他的同夥雖滿臉忿恨，卻都退了開來。

「妳自由了。」杜勃羅夫斯基轉向一臉蒼白的公爵夫人，再次說道。

「不，」她回答，「太遲了——我行過婚禮，我已是維列依斯基公爵妻子了。」

「妳說什麼，」杜勃羅夫斯基大喊，聲音充滿絕望，「不，妳不是他的妻子，妳並非出於自願，妳從未答應過……」

「我答應了，我也做了宣誓，」她答道，語氣堅決，「公爵是我的丈夫，你下令釋放他吧，你就離我們而去吧！我並沒說謊。我等待你直到最後一刻……但現在，告訴你，現在已經晚了。放了我們吧！」

但是杜勃羅夫斯基已聽不到她說什麼了。傷口的疼痛與內心的激動讓他全身乏力。他癱倒在車輪邊，群盜圍了上來。杜勃羅夫斯基及時對他們叮嚀幾句，於是他們把杜勃羅夫斯基扶上馬兒，其中兩人攙扶著他，另外一人控制著馬的轡頭，一夥人便往旁邊而去，留下停在大路中央的馬車、手腳受捆綁的下人，以及卸了套的馬兒，卻未劫掠任何東西，也未對首領的受傷血債血還。

第 十 八 章

第 十 八 章

第十九章

古木參天的森林裡，一片狹窄的草地上，豎立一座不是很大的土造碉堡，由土牆與壕溝構成，後面是幾座窩棚與土窯。

院子裡有一大群人，從形色不一的服裝與整齊劃一的武器可以立即認出他們是一幫盜匪，這些人沒戴帽子，坐在大鍋飯附近，共進午餐。土牆上，一門小型火炮旁，一名哨兵盤腿而坐。他一邊為自己的衣服某處縫著補釘，一邊又不時眼觀八方，他操弄縫針技術嫻熟，看得出是一個很有經驗的裁縫。

雖然一把勺子在他們手中已傳遞好幾回，大夥兒卻非比尋常地鴉雀無聲。盜匪午餐用畢，一個接一個挺身而起，並向上帝做禱告，接著有人往土窯各自散去，有人朝森林分頭走去，有人則按俄羅斯人習慣，倒地小睡片刻。

哨兵幹完針線活，抖抖自己的舊衣衫，觀賞一下補釘，再把縫針別在袖口，便一屁股坐到火炮上頭，扯開嗓門唱起一首憂鬱的老歌：

切莫喧嘩，我這母親般的森林，
切莫妨礙我好漢子無盡的思念。

這時，一間窩棚的大門打了開來，一位老婆婆頭戴白色包髮帽，穿著整潔、古板，出現在門口。「你也夠了，斯捷普卡，」她忿忿說道，「老爺安寢了，而你還滿不在乎地鬼吼鬼叫；你們真是沒天良，毫無憐憫心。」「罪過，葉戈羅芙娜，」斯捷普卡答道，「好啦，我不再唱了，願他，咱們老爺，好好安寢，早日康復。」老婆婆離去，而斯捷普卡開始在土牆上來回走動。

老太太走出來的那間窩棚裡，隔間的後面，受傷的杜勃羅夫斯基躺在一張行軍床上。面前小桌上放著幾把他的手槍，床頭則掛著軍刀。土窯裡鋪設與懸掛華麗的地毯與壁毯，角落擺著一張銀色女用梳妝臺與一面梳妝鏡。杜勃羅夫斯基手中拿著一本書，書是打開著的，人卻閉著眼。老婆婆不時從隔間外往他探頭瞧看，卻無以得知，他是安然入睡或只是陷入沉思。

驀然他身子一顫：碉堡警報響起，斯捷普卡從窗外朝他探進腦袋。「杜勃羅夫斯基老爺，」他叫道，「我們信號傳來，有人正在搜捕我們。」杜勃羅夫斯基從床上一躍而起，抓起武器，走出窩棚。盜匪眾聲喧譁，集聚院子；杜勃羅夫斯基一出現，眾人頓時鴉雀無聲。「大家是否到齊。」杜勃羅夫斯基問道。「除了巡邏的，都到了。」眾人回答。「各就各位！」杜勃羅夫斯基大聲喝道。於是匪徒各自站定自己的位置。這當兒有三名巡邏兵朝大門直奔而來。杜勃羅夫斯基往他們迎上前去。「怎麼回事？」他問道。「森林裡有士兵，」他們回答，「正朝我們包抄。」杜勃羅夫斯基下令緊閉碉堡大門，並親自前往查驗火炮。林子傳來幾個人的說話聲，有人開始往前逼近。盜匪一聲不響地等待著。突然從林子竄出三四名士兵，隨即又往後撤回，並鳴槍向同伴報信。「準備戰鬥。」杜勃羅夫斯基說道，於是盜匪之間傳出一陣簌簌聲，接著一切又陷入寂靜。這時聽到大隊人馬逼近的喧囂聲，武器在林木間閃閃發亮，約莫一百五十名士兵從林子蜂擁而出，吶喊著往土牆猛衝而來。杜勃羅夫斯基點燃火炮的引信，這發砲火精確命中目標，只見一名士兵腦袋斷落，另有兩名身子受傷，於是士兵間發出一陣騷動，不過一位軍官衝到前頭，士兵也跟在後頭，跑向壕溝。盜匪用長槍與手槍向他們射擊，接著開始手握斧頭，準備捍衛土牆，來勢洶洶的士兵已往土牆攀爬而上，僅在壕溝裡留下約莫二十名受傷士兵。這時短兵相接，展開肉搏戰，士兵登上土牆，群盜開始後退，這時卻見杜勃羅夫斯基走向軍官，把手槍指向他胸口，發出一槍，軍官咕咚一聲，仰頭摔倒，幾名士兵把他扶起，忙不迭地把他送進樹林，其他士兵失去帶兵長官，便裹足不前。群匪士氣大振，利用士兵軍心大亂之際，一股擊潰士兵，把他們逼進壕溝，往後撤退的士兵便開始奔跑，群匪大聲吶喊，一路追擊。勝負已定。杜勃羅夫斯基估算敵軍已徹底瓦解，便停止追擊，下令收拾傷患，加倍哨兵巡邏，不准任何人離開崗位，並緊閉碉堡大門。

最近事件頻傳，讓政府對杜勃羅夫斯基大肆劫掠一事不得等閒視之。政府已收集不少有關他出沒地點的情報，並已派出一連士兵，務必將他緝捕歸案，死活不論。逮到幾名他的幫眾，由他們口中得知，杜勃羅夫斯基已經不在幫眾之中。那場大戰之後幾日，他曾召集所有幫眾，宣稱有意永遠離他們而去，並勸告大家改變生活方式。「你們在我領導下都已發財致富，每個人也都擁有身分證件，藉此隱身某個偏遠省分，可保安全無虞，並在那兒依靠誠實勞動過日，將可生活富足地渡過餘生。不過，你們都是些無賴，或許你們不願放棄自己的老本行。」說完這些話，杜勃羅夫斯基便飄然而去，只隨身帶走某一個人。沒人知道，他去往何處。起初大家都懷疑這些供詞的真實性，因為道上人物對首領講究忠誠，這是眾所皆知。大家都認為，這些道上人物是在關懷他的安危。不過，結果證實他們說的都是真的。駭人聽聞的登門光顧、放火、劫掠，都不再發生。各處大道開始暢行無阻。根據其他消息得知，杜勃羅夫斯基已悄然遠去國外。

第　十　九　章

第　十　九　章

關於《杜勃羅夫斯基》

宋雲森

《杜勃羅夫斯基》是普希金於一八三二年十月至一八三三年二月間寫作的長篇小說。其實它不算是完成的作品，因為普希金對小說中若干問題並未做最後定案，因此普希金在一八三七年初過世之前，都未出版本作品。親友在整理他的遺稿時發現這篇作品，將它交給出版社略作潤飾，並加上名稱《杜勃羅夫斯基》，於一八四一年首度公諸於世。由於本篇故事算是完整，讀者並不感覺它是未完成的作品。

本篇小說的構想最初來自一個現實人生的故事，是普希金於一八三二年十月間由他的朋友拿秀金（П. В. Нащокин）口中得知。故事主角是一位家境不算富裕的白俄羅斯貴族，名叫奧斯特洛夫斯基。他與鄰居打官司，由於政府官吏與法官的貪贓枉法，判決不公，讓他落得一無所有，於是他落草為寇，率領草寇先是報復性的搶劫貪官汙吏，後來則是到處打家劫舍。這人最後遭逮捕入獄。構想的另一向來，同樣是一八三二年十月於科茲洛夫縣地方法院針對上校克留科夫與中尉穆拉托夫的一項法律訴訟所作的判決書，普希金修改其中人名與地名，引用於小說《杜勃羅夫斯基》的第二章。

當然，普希金對於本部小說的理念，遠遠超越上述故事。首先，《杜勃羅夫斯基》的許多類似情節已見諸他之前的一些作品，尤其是《別爾金小說集》的〈小姐與村姑〉。只不過此時的普希金嘗試擴大散文小說創作的視野，希望從描繪個別人物與故事的短篇小說發展為反應俄國社會與歷史的長篇小說，因此將不少熟悉情節做更多元化與複雜化的處理。

我們不妨看看〈小姐與村姑〉與《杜勃羅夫斯基》有哪些類似情節：背景都發生於俄國偏遠省分；故事都是以描寫兩個鄰近貴族老爺的衝突為開端；上下兩輩在思想上都發生衝突，〈小姐與村姑〉中是阿列克賽與父親，《杜勃羅夫斯基》中是瑪麗亞與父親；〈小姐與村姑〉中的老別列斯托夫與《杜勃羅夫斯基》中的老杜勃羅夫斯基、老特羅耶庫羅夫都喜歡狩獵；兩家老爺有過節，兩家子女卻偷偷相戀；兩篇小說中，相交男女都有一方冒名掩飾自己真實身分；相交男女都利用一棵老橡樹的樹洞，偷偷通信。

不過，兩篇小說還是有很大的差異。〈小姐與村姑〉中，因突發事件，人物關係發生大轉折，兩家長輩的衝突煙消雲散，兩家兒女的戀情也喜劇收場；《杜勃羅夫斯基》中，也有幾次的突發事件，造成人物關係大轉折，但劇情都是轉喜為悲。例如：老杜勃羅夫斯基與老特羅耶庫羅夫原來關係友善，卻為突發、卻也微不足道的小事而反目成仇，造成老杜勃羅夫斯基傾家蕩產，小杜勃羅夫斯基也因此流落江湖，落草為寇；特羅耶庫羅夫良心發現，有意將田產歸還老杜勃羅夫斯基，來到他家，老杜勃羅夫斯基不解其意，反而因此急怒攻心，中風而亡；由於傳信人之間的誤解，瑪麗亞通報信息延誤，造成小杜勃羅夫斯基救援不及，瑪麗亞被迫下嫁維列依斯基公爵，男女主角有情人終成眷屬的美夢頓時破滅。

當然，普希金對於《杜勃羅夫斯基》的理念不僅於此。十九世紀三十年代初起，普希金希望能開創寫實主義長篇小說寫作的新方向。他將興趣投注於當時俄國社會、歷史與人民問題的研究，因此才有長篇小說《杜勃羅夫斯基》、歷史著作《普加喬夫史》（一八三四）、長篇小說《上尉的女兒》（一八三六）等作品的誕生。

根據普希金的觀點，俄國當時的社會問題，如貴族階層的分裂、貴族地主與農民階層的衝突等，日益加深，而這些問題應追溯至一七六二年的俄國宮廷政變與之後葉卡捷琳娜二世（或譯為：凱薩琳大帝、凱薩琳女皇等）的多項改革。一七六二年一月，俄國伊莉莎白女皇過世，彼得三世即位，他的妻子葉卡捷琳娜卻於六月底發動政變，罷黜彼得三世，並於七月間將他毒死，自立為沙皇，也就是葉卡捷琳娜二世。一七七三年至一七七五年間，俄國發生普加喬夫叛亂，這項農民叛亂雖遭鎮壓，卻刺激葉卡捷琳娜二世實施中央集權，抓緊對地方的管理，並以擴大貴族階層的權力與領地方式，加強對農奴階層的控制，因此，造成貴族農奴主與農奴之間衝突日益擴大。另外，大貴族難免利用權勢欺壓與兼併小貴族，於是發生貴族階層分裂的問題。這些問題都反映在《杜勃羅夫斯基》的情節中。

本篇作品中，特羅耶庫羅夫老爺是世襲貴族，富甲一方，雖然已是陸軍上將退役，對待省裡的大小官員仍頤指氣使，對待農奴則專橫霸道。老杜勃羅夫斯基則是退役禁衛軍中尉，雖然家道中落，面對財大勢大的特羅耶庫羅夫，仍然維持俄國古老貴族的傲氣，寧折不屈，後來身家產業全遭特羅耶庫羅夫併吞，因此憂憤而亡。這也是小杜勃羅夫斯基貧無立錐之地，被逼上梁山的背景。杜勃羅夫斯基與特羅耶庫羅夫兩家關係正是俄國貴族階層分裂的寫照。

杜勃羅夫斯基落草為寇，黨羽大都是他領地上的農民、家僕、手工藝人（鐵匠、裁縫等），也就是廣義上的農民（或說是農奴）。農民不願接受特羅耶庫羅夫管轄，寧願追隨杜勃羅夫斯基打家劫舍，一方面是基於對杜勃羅夫斯基家族的忠心，另一方面則是基於對專橫霸道的特羅耶庫羅夫的反感。正如老車夫安東對杜勃羅夫斯基所言：「哪能讓特羅耶庫羅夫老爺管轄！……他那兒常常連自己的人都不好過，還要把別家的人弄到手，到時他不但要把人剝一層皮，連身上的肉都要揪了下來。不行……除了咱們的主人你，咱們誰都不要……反正咱們已經跟定你。」

普希金研究一七七三年「普加喬夫之亂」發現，農民起義，反抗農奴制度，卻容易淪為暴民，難逃失敗的命運；他也目睹一八二五年「十二月黨人起義」的失敗，看到貴族知識分子追求自由、反對封建的奮鬥，因缺乏廣大人民群眾做後盾，輕而易舉地遭瓦解。雖然杜勃羅夫斯基為表示對司法不公的抗議，打劫貪官汙吏與為富不仁的地主，還稱不上起義，但普希金似乎在小說中表達，只有貴族與農民兩個階層合作，在貴族知識分子領導下，俄國人民追求平等、自由的努力才有機會獲得成功。

話雖如此，我們從普希金筆下可以發現，如何面對社會缺乏公理正義的現象，當時俄國知識分子與農民兩個階層態度並不一致，兩個階層走向合作一途仍有很長的距離。小說第五章中，陪審官沙巴施金、縣警察局長等人代表特羅耶庫羅夫，前來接收杜勃羅夫斯基家產與領地，杜勃羅夫斯基的家僕與農民憤怒、鼓譟，準備捆綁沙巴施金、縣警察局長等人，卻遭杜勃羅夫斯基大聲喝止：「……你們幹什麼？你們會害死自己，也會害死我。都回家去吧……不用怕，沙皇是仁慈的，我會去懇求他。他不會讓我們受委屈的。我們都是他的子民。要是你們造反，幹了盜匪，叫他如何庇護你們。」這時的杜勃羅夫斯基還對沙皇體制抱有希望，並未想到走上梁山一途。後來，小說第六章中，火燒房舍，杜勃羅夫斯基吩咐鐵匠阿爾希普去將沙巴施金、縣警察局長等人放出，鐵匠卻故意將大門反鎖，讓沙巴施金、縣警察局長等活活燒死。這時杜勃羅夫斯基除了落草為寇，已無其他退路了。不過，貴族知識份子與農民理念畢竟不同，因此，故事最後的第十九章中，杜勃羅夫斯基宣佈：「你們在我領導下都已發財致富……藉此隱身某個偏遠省分，可保安全無虞，並在那兒依靠誠實勞動過日，……不過，你們都是些無賴，或許你們不願放棄自己的老本行。」說完，杜勃羅夫斯基便與追隨他打家劫舍多時的農民分道揚鑣，遠走海外。

接著，簡單談談小說中的人物刻劃。首先是男主角杜勃羅夫斯基。根據小說描述：「匪首的聰明智慧、膽氣過人，以及某種的慷慨大度，竟是人人稱頌。人人傳誦他的奇聞軼事；人人嘴邊都掛著杜勃羅夫斯基的大名」、「杜勃羅夫斯基並不是什麼人都侵犯，他只對有名的財主下手，還會留一些給他們，絕不會搜刮得一乾二淨，而且從來沒人控訴他有動手殺人一事」、「……尤其是年輕小姐。她們其中許多人還把杜勃羅夫斯基視作浪漫英雄，對他暗生好感，特別是瑪麗亞」，杜勃羅夫斯基具「俠盜」形象，神似當時流行於西歐（尤其是法國）的盜賊小說中的「高貴的強盜」，他似乎多了幾分法國風，卻少了幾分俄國味。

至於女主角瑪麗亞，年輕、美麗，有思想，有個性，勇敢追求愛情，但也讓讀者覺得食古不化。她堅持遵守對上帝的誓言，不願離開維列依斯基公爵隨杜勃羅夫斯基而去，讓小說結局留下莫大的遺憾。瑪麗亞讓人想起普希金筆下另一位女主角塔琪雅娜（《葉夫蓋尼．奧涅金》），都是作者心目中俄羅斯婦女美麗與美德的化身。

特羅耶庫羅夫則是小說中刻畫最成功的人物。他是家世顯赫的貴族，個性專橫霸道，缺乏教養，對待農奴嚴苛殘忍。在普希金筆下，他雖是負面人物，但並非一無是處。他平日慷慨好客，也有意把併吞的產業歸還給老杜勃羅夫斯基。他形象鮮活生動，人物真實，難怪十九世紀俄國著名文學批評家別林斯基表示，「以特羅耶庫羅夫為代表的俄國貴族的舊式生活，被表現得令人吃驚地準確。」

另一特殊的人物是鐵匠阿爾希普。普希金對他著墨不多，但他個性堅毅、果決，具領袖氣質，造型突出。例如，是他帶領農民鼓譟，準備反抗陪審官沙巴施金、縣警察局長等人。另外，他趁著夜色，手持斧頭潛行房外，有意斬殺沙巴施金等人，雖然被杜勃羅夫斯基撞見，企圖未能得逞，但隨後他故意將房門反鎖，讓大火燒死沙巴施金等，也成為逼使杜勃羅夫斯基上梁山的最後一根稻草。這裡顯示阿爾希普的果決與狠勁。但是，他不惜冒著熊熊烈火搶救屋上受困的小貓，又顯示他的悲憫之心。火燒惡人、搶救小貓之後，他對惶恐的眾人大聲說道：「咱家在這兒已無啥事可幹。祝大家幸福，也請諸位包涵咱家過去的不是」，便揚長而去。鐵匠阿爾希普草莽英雄的豪邁之氣，躍然紙上，頗有後來普希金筆下農民起義領袖普加喬夫（《上尉的女兒》）的氣概。

國家圖書館出版品預行編目(CIP)資料

普希金小說集 / 普希金著 ; 宋雲森譯 . -- 初版 . -- 新竹市 : 啟明 , 民 105.05

冊 ; 公分

ISBN 978-986-88560-7-3(全套 : 平裝)

880.57 105003903

普希金小說集

作者　普希金

譯者　宋雲森

編輯　許睿珊

校訂　吳岱蓉、聞翊均

發行人　林聖修

設計　Timonium lake

出版　啟明出版事業股份有限公司

地址　新竹市民族路27號5樓

電話　03-522-2463

傳真　03-522-2634

網站　http://www.cmp.tw

電子郵件　sh@cmp.tw

法律顧問　北辰著作權事務所

印刷　Printform

總經銷　紅螞蟻圖書有限公司

地址　台北市內湖區舊宗路二段121巷19號

電話　02-2795-3656

傳真　02-2795-4100

中華民國105年5月2日　初版

ISBN　978-986-88560-7-3

定價　700元

А. С. ПУШКИН: ПОВЕСТИ И РОМАНЫ

ДУБРОВСКИЙ

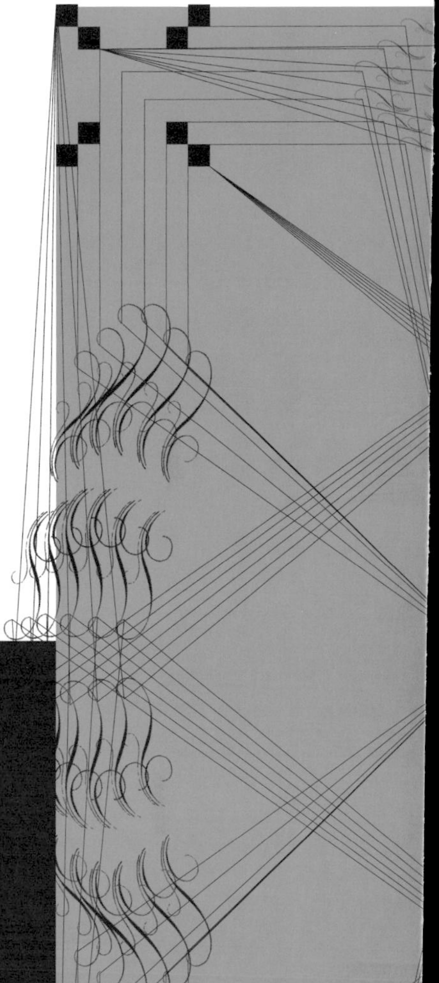

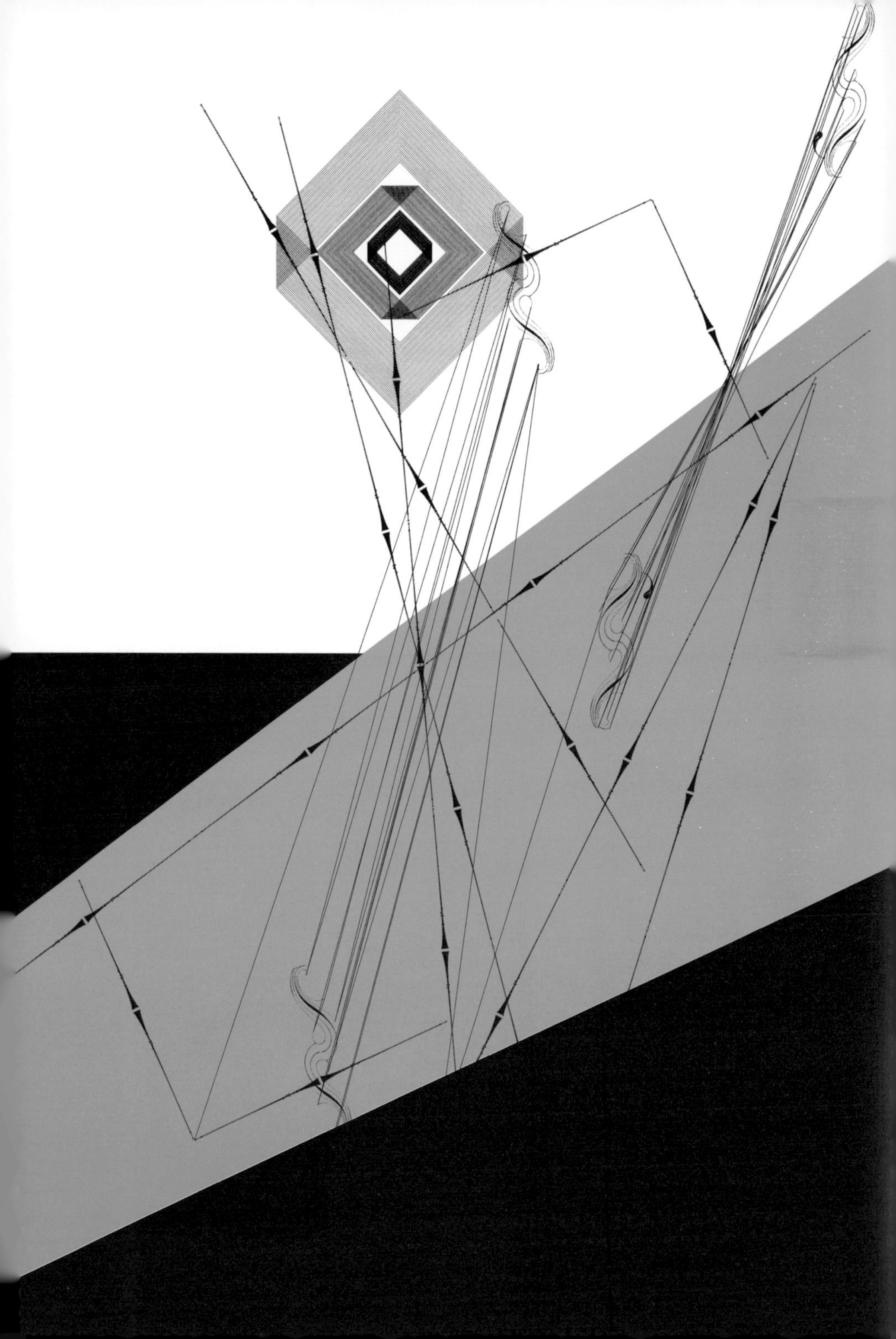

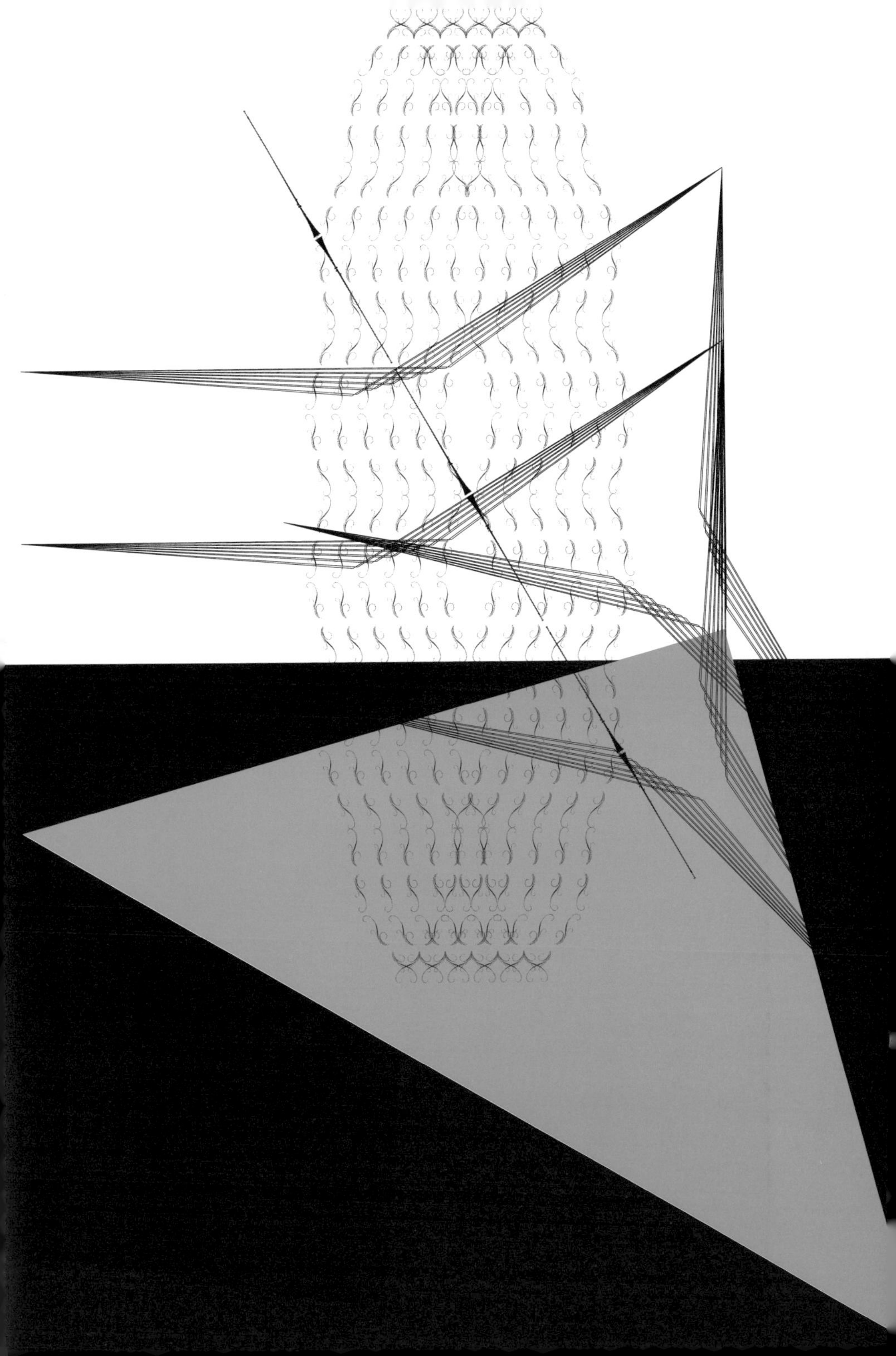